J'ai craqué au bureau

Éditions Eyrolles
61, bd Saint-Germain
75240 Paris Cedex 05
www.editions-eyrolles.com

Collection « Romans d'Histoire pop' »,
dirigée par Elisabeth Segard

Éditrice externe : Nolwenn Tréhondart

ISBN : 978-2-416-00574-9
Composé par Soft Office

Louise Cado

J'ai craqué au bureau

Histoire ébouriffante de Louis Pasteur

Roman
EYROLLES

Avertissement

« Romans d'Histoire pop' », fiction et réalité

Dans la collection « Romans d'Histoire pop' », on ne vous raconte pas d'histoires. L'Histoire avec un grand H est respectée. Le fond de ces romans biographiques mêlant fiction et réalité s'appuie sur les travaux d'historiens sérieux. Leur forme n'a en revanche rien de sérieux. C'est sur ce plan que nous avons usé de liberté et d'imagination. Ce qui relève de la fiction vient se nicher dans les zones d'ombre de la vie des personnages, dans le vocabulaire parfois anachronique des dialogues, dans des interprétations loufoques de certains événements… Car notre objectif n'est pas seulement de vous en apprendre un peu plus sur ces grands acteurs de notre Histoire, mais aussi de les rendre pleinement vivants et de vous distraire.

Bonne lecture !

1881

1

— Regarde-moi, que je voie si ta cravate est droite.

Louis Pasteur redressa la tête et tendit le cou. L'air concentré, Jean-Baptiste examina le col de son père.

— C'est un peu trop lâche, je vais refaire le nœud.

Debout derrière son beau-frère, René s'impatientait.

— Tout le monde nous attend, beau-papa, vous allez manquer votre entrée.

— On arrive, on arrive, maugréa Jean-Baptiste qui s'acharnait sur les deux pans de tissu noir tandis que Louis osait à peine respirer. Ses bottines neuves lui écrasaient les pieds et il transpirait dans son habit.

— C'est bon ? demanda le savant d'une voix étranglée.

— Parfait, répondit son fils avec un sourire. Tu ressembles à un *milord*, maman serait fière de toi.

— Alors, en avant !

D'un pas solennel, Louis se dirigea vers la grande porte et entra dans la salle de réception.

La salle d'honneur du palais Saint-James de Londres était pleine à craquer du sol aux balcons. Trois mille scientifiques étaient venus de toute l'Europe pour assister à ce septième Congrès international de médecine.

Ébloui par les lumières, Louis s'arrêta au pied du podium. Un organisateur le tira par la manche.

— Venez sur l'estrade, monsieur Pasteur.

Appuyé au bras de son fils Jean-Baptiste, Louis monta les marches en claudiquant. Un roulement d'applaudissements résonna derrière lui, puis des bravos, des vivats, tout un charivari qui l'affola.

— Ciel, dit-il en se penchant vers Jean-Baptiste, nous sommes en retard pour de bon ! Le prince de Galles est déjà arrivé !

Il avait parlé assez fort pour que le président du Congrès l'entende. Un grand sourire étira la bouche maigre de Sir James Paget.

— Pas du tout, mon vieux, c'est vous qu'ils applaudissent.

— Vous êtes sûr ? balbutia Louis.

— Archi sûr, dit le président du Congrès en poussant Louis d'une main ferme sur la scène. Saluez donc !

Louis avança et inclina gracieusement la tête à droite, à gauche, devant, derrière, comme il l'avait vu faire à la reine. La clameur grossit comme une boule de neige dévalant une pente. Il se redressa, embrassa du regard l'immense salle au décor flamboyant et sourit. Dire que son père rêvait de le voir professeur au collège d'Arbois, au fin fond du Jura… Ce n'est pas là-bas qu'il aurait eu l'occasion d'être applaudi par le futur roi d'Angleterre, d'Australie et empereur des Indes.

Aujourd'hui, songea Louis, c'est mon grand soir, toutes ces barbes blanches sont réunies dans un château royal pour moi ! Il était applaudi par le prince de Galles, le fils de l'empereur allemand et la crème des savants venus des quatre coins du globe. Chaque pays avait envoyé ses meilleurs chercheurs en espérant prouver sa supériorité scientifique. Côté français, Paris avait sorti la grosse artillerie en envoyant Jean-Martin Charcot, le neurologue star, et Louis Pasteur, « l'homme de la nouveauté, l'utilité et la charité », comme Sir James Paget lui-même était en train de le rappeler dans son discours d'ouverture.

Entendant son nom, Louis se leva et salua à nouveau l'assemblée à droite, à gauche, ravi de voir son talent enfin reconnu. Lui, un chimiste, acclamé par des médecins, quelle belle revanche ! Il savait bien pourtant que la moitié d'entre eux méprisaient ses travaux et ne croyaient toujours pas à l'efficacité de ses deux vaccins contre le choléra des poules et le charbon des moutons : c'était grâce à la reconnaissance des vétérinaires qu'il était devenu une célébrité. Mais les médecins avaient bien été forcés d'adopter au moins une de ses découvertes, celle concernant les microbes et la naissance des infections. Ses travaux sur les germes avaient tordu le cou à la fameuse théorie de la *génération spontanée*, selon laquelle le vivant apparaissait tout seul, comme par miracle. Quand le grand chirurgien britannique Lister avait cité la théorie des germes de Louis, rappelant à quel point elle avait été essentielle dans sa propre réflexion sur l'hygiène et la bonne cicatrisation des plaies, ce dernier s'était enfin senti reconnu à sa juste valeur. Cette ovation à Londres, devant les plus grands médecins, c'était son sacre.

La satisfaction de Louis redoubla lorsqu'il découvrit le visage fermé du docteur Koch assis au milieu de la délégation allemande. Louis avait longtemps vénéré les travaux des scientifiques allemands ; jeune, il avait visité les pays germaniques et rencontré des savants et des industriels qui l'avaient fort courtoisement accueilli. L'idylle avait duré jusqu'à la défaite de 1871. La Prusse, en enlevant l'Alsace et la Lorraine, avait arraché à

Pasteur toute sympathie à l'égard de ses confrères d'outre-Rhin. De rage, il avait même renvoyé à l'université de Bonn son diplôme de médecin honoraire ; on avait répondu à cette injure en le traitant de noms d'oiseaux. Et ce n'était pas la prétention de ce Koch qui rabibocherait Louis avec l'outre-Rhin. Les deux savants se menaient une guerre terrible autour des *infiniment petits*, microbes, bacilles et autres virus. L'Allemand se montrait aussi avant-gardiste que son concurrent parisien : il avait été le premier à avoir l'idée de micro-photographier ses observations au microscope, ce qui était bien plus précis et rapide qu'un dessin. Mais surtout, avec sa découverte du bacille du charbon, Koch marchait sur ses plates-bandes : les microbes, c'était lui, c'était sa théorie et Louis avait bien l'intention de rester le meilleur en ce domaine. Leur rivalité, d'abord courtoise, s'était transformée depuis la guerre de 1870 en duel patriotique, chacun défendant, outre ses positions scientifiques, la supériorité de son pays.

Face à l'immense assemblée serrée dans le palais Saint-James qui l'acclamait, Louis prit un malin plaisir à toiser Koch du regard.

Tandis que Louis muselait son adversaire à grands coups de démonstrations et évangélisait ses confrères, Marie Pasteur, assise dans le salon de leur appartement de fonction au-dessus de l'École normale, en face de son amie Claire, était dépitée. Elle aussi aurait bien aimé aller à Londres mais pendant que son mari se promenait sur la Tamise et admirait Big Ben, elle était clouée à Paris et renvoyée à ses visites de dame patronnesse. Juste bonne à vendre des tickets de loterie pour la Société de secours des amis des sciences et le cercle des amis du Muséum d'histoire naturelle.

— Ces scientifiques... tous des machos. Et quand elles ont l'honneur d'être invitées, les femmes restent les hors-d'œuvre de leurs grands-messes, marmonna-t-elle furieuse. Je soigne ses cobayes, je relis et j'écris les trois quarts de ses publications, j'assiste aux séances de l'Académie des sciences pour lui faire un rapport quand il n'est pas là... Je mérite bien un petit week-end à Londres.

Une tasse de thé dans la main droite et une madeleine dans la main gauche, son amie tentait de la réconforter.

— Pense à la fatigue du voyage, la poussière de charbon dans les yeux, la bousculade dans les gares, le mal de mer pendant la traversée... Tu as échappé à l'enfer.

Marie fit la moue.

— J'aime bien les gares.

C'était des endroits noirs de poussière et puant la graisse mais ça bougeait, ça vibrait, c'était plein de vie et elle aimait l'animation et le mouvement. Heureusement pour elle : les nominations successives de Louis comme professeur dans diverses universités les avaient obligés à déménager un nombre incalculable de fois et même à dormir à l'hôtel entre deux appartements, des opérations menées avec un ou deux bébés dans les jupes. C'était la troisième fois que son mari allait en Angleterre, et toujours sans elle. Comme lors de son déplacement en Allemagne, pour ses recherches sur l'acide tartrique, et pire, à Venise ! Il lui ramenait des bricoles mais ça ne remplaçait pas le voyage. Elle rêvait de se promener le nez au vent dans un pays inconnu.

— Et j'aurais adoré visiter le fameux musée de Mme Tussaud, murmura-t-elle.

Une amie, de retour d'Angleterre, lui avait parlé de cette drôle de galerie présentant les têtes en cire de grands personnages et en particulier celles des chefs révolutionnaires les plus sanguinaires. « On l'appelle la Chambre des horreurs », avait-elle soufflé, encore impressionnée. Ce devait être quelque chose.

Marie ajouta un sucre dans sa tasse et ravala sa rancœur. C'était peut-être sa dernière chance de voir autre chose que Paris ou le Jura. Elle frôlait les cinquante-cinq ans et sa propre mère n'avait survécu que quinze ans à cet âge-là.

Marie était née sous Charles X, un roi ni bon ni mauvais, plutôt accidentel, qui avait régné mollement sur la France. Il avait tout de même eu le mérite de créer au Louvre un département dédié à l'art égyptien. Hommes et femmes étaient coiffés d'une drôle de houppette, *Le Figaro* venait de naître, le palais Brongniart était tout frais inauguré, Louis Hachette ouvrait sa maison d'édition, Balzac jouait les imprimeurs et des industriels construisaient la première ligne de chemin de fer du côté de Saint-Étienne pour transporter de la houille. La famille de Marie, les Laurent, avait toujours vécu en province mais les mutations successives de son professeur de père l'avaient fait voyager : Sens, Saintes, Toulouse, Cahors… jusqu'à Strasbourg, où elle avait rencontré Louis. Elle avait vingt-trois ans. Pas de coup de foudre, mais elle avait ressenti de l'intérêt pour ce jeune homme solide et sûr de lui, et avait eu l'intuition qu'ils formeraient une bonne équipe. Elle l'avait épousé avec conviction. Parce qu'elle était aussi intelligente que son mari, elle s'était par la suite intéressée à ses travaux, les relisait et n'hésitait pas à le seconder sur le terrain quand c'était nécessaire. Comme lorsqu'il avait fallu nourrir des milliers de vers à soie pour l'une de ses grandes expériences.

La mode et le monde avaient bien changé en un demi-siècle. Les révolutions s'étaient succédé, faisant et défaisant les régimes politiques. Napoléon III était passé du statut de petit politicard passable à celui de président de la République avant de s'instituer empereur puis d'être atomisé par la guerre, les présidents du Conseil se suivaient plus rapidement que les généraux romains et les ministres changeaient de portefeuille comme de chemise. Partout, les usines avaient poussé comme des champignons, à Lille, à Lyon, à Nantes, et le train desservait désormais Orléans, Nice, Biarritz et Nantes. Tous ces bouleversements n'avaient pas fait dévier Marie d'un iota. Son chignon, autrefois massé sur sa nuque, était maintenant remonté en nattes autour de son crâne, elle avait remplacé ses manches gigots par des cols montants, mais elle conservait son caractère affirmé, sa curiosité et son humour. Sauf cet après-midi.

— J'aurais adoré voir la tête de Marat et celle de Robespierre… je me demande à quoi ils ressemblaient. Est-ce que Marat avait vraiment une figure de musaraigne comme l'a peint David ?

— Allons, peut-être qu'on aura un musée de ce genre à Paris, dit Claire.

— Ça m'étonnerait, les Français sont si coincés ! Un tas de conservateurs. J'aurais aimé rencontrer cette Mme Tussaud, ce devait être une personnalité.

La bouche pleine de madeleines, Claire hocha la tête.

— C'est sûr. La sculptrice privée des rois de France, ce n'est pas n'importe qui. Dire qu'elle a failli être guillotinée !

— Moi, c'est Louis que je guillotinerais bien, lâcha Marie en se resservant une tasse de thé.

À lui la gloire, les honneurs, les petits canapés pendant qu'elle se morfondait sur le sien. Elle n'avait pas touché aux gâteaux dorés et dodus qui se pavanaient sur le guéridon devant elle. La lettre de Louis arrivée au courrier du matin lui restait sur l'estomac :

Impossibilité absolue de t'écrire aujourd'hui. Journée remplie de plaisirs divers. Pas un moment à nous[1].

Tu parles ! Il avait tout de même pris le temps de lui raconter que le docteur Lister avait organisé la veille un dîner en son honneur, suivi d'un deuxième dîner – mais qui dîne DEUX fois dans une soirée ? – durant lequel une tripotée de *ladies* s'étaient montrées passionnées par ses travaux – mais QUI parmi elles avait compris quelque chose à la chiralité moléculaire[2] ? La veille, il lui avait raconté la réception chez le lord-maire et détaillé la lord-mairesse « fort agréable et couverte de

1. *Correspondance de Louis Pasteur*, tome 3, p. 231, 1951.
2. Une molécule est chirale lorsqu'elle ne se superpose pas à son image à travers un miroir.

diamants ». Plaisirs divers ! Je t'en ficherais. Pendant que son mari se gobergeait et se rengorgeait dans les palais londoniens sous l'œil de duchesses pâmées, Marie avalait sa purée de lentilles seule dans son salon. Elle espérait que tous ces dîners colleraient à son mari une bonne indigestion.

2

La locomotive entra en gare en soufflant et crachant un brouillard noir et épais. Malgré la grande écharpe qui lui recouvrait la bouche, Marie toussa comme une tuberculeuse. Elle cligna des yeux, cherchant son mari du regard. Ce fut leur fils Jean-Baptiste qu'elle aperçut en premier, puis René, qui aidait Louis à descendre. Il était toujours aussi chic, avec sa barbe grise bien taillée, sa redingote et sa petite cravate.

À peine son mari eut-il posé le pied sur le quai que Marie s'accrocha à son bras. La joie de le retrouver avait balayé sa rancune.

— Alors, comment ça s'est passé ?

— Très bien, dit-il en la serrant contre lui. Je crois que j'ai fait bonne impression.

Marie recula d'un pas pour l'observer.

— Tu as le teint un peu gris. Tu n'es pas trop fatigué ?

— Pas du tout.

— Ce doit être la nourriture, alors, dit-elle. À force de faire deux dîners de suite…

Louis, qui tournait la tête de tous côtés à la recherche de ses compagnons, ignora la perfidie.

— Où est donc Jean-Baptiste ? demanda-t-il.

— Parti réserver un fiacre.

— Et René ?

— Juste derrière toi, en train de descendre ta malle.

Louis fit un tour sur lui-même et aperçut les cheveux de son gendre, dépassant au-dessus d'un chariot de malles presque aussi haut que lui.

— Ah oui, en effet. Bien, bien. Rentrons vite, je te raconterai notre séjour en détail. Quel dommage que nous n'ayons aucune photo ! Imagine-moi en train de discuter avec le prince Édouard !

Pendant que sa femme déballait ses habits et les défroissait pour les ranger, Louis entreprit de lui raconter en détail ses péripéties du Congrès international de médecine. Rien que d'y repenser, il éclatait de fierté.

— Pas pour moi, tu me connais, les honneurs me mettent mal à l'aise, mais pour notre pays. Me faire applaudir par le prince héritier de Prusse ! Quelle revanche sur la guerre, l'Alsace et la Lorraine !

Il était vraiment content de lui. Le premier soir, il avait abondamment cité le docteur Lister qui avait repris ses travaux sur la fermentation et l'hygiène.

— Ce vilain Koch a été mouché comme il se doit. Tu l'aurais vu ! Il se tortillait sur sa chaise sans oser prendre la parole, ah, ah, ah !

Évidemment, poursuivit-il, il avait rendu hommage à Jenner, l'inventeur anglais de la vaccination contre la variole, et à Sir James Paget, le président du colloque. Une délicatesse qui avait porté ses fruits, puisque, toute la semaine suivante, il avait été porté en triomphe dans toutes les réceptions données dans Londres.

Marie étouffa un rire. Louis était un convive abominable : qu'il soit invité à dîner chez une princesse ou chez un vinaigrier, il sortait son mouchoir, frottait son assiette, ses couverts et son verre pour en chasser ces *infiniment petits* qu'il avait été le seul à repérer, les microbes. Puis il grattait son pain jusqu'à la mie – on n'est jamais trop prudent. Il n'aurait laissé personne, pas même le prince de Galles, lui serrer la pince.

Les jours qui suivirent, Louis parcourut la presse du matin au soir pour savourer les retombées médiatiques du Congrès. Sa conférence sur l'atténuation des virus qui l'avait mené à la création des vaccins contre le choléra des poules puis le charbon des moutons avait marqué les esprits jusqu'à Paris. *Le Journal des débats* avait souligné l'admiration unanime envers « ce travailleur infatigable, ce chercheur sagace, cet expérimentateur précis et brillant, cet apôtre enthousiaste ».

— C'est bien tourné, non ? dit-il à sa femme.

Si elle était heureuse pour son époux, Marie ne s'était pas laissée impressionner.

— À propos de travailleur infatigable, j'espère que tu vas en profiter pour te reposer un peu.

— Ce triomphe – car c'est un triomphe, n'ayons pas peur des mots – me conforte. Il faut continuer sur notre lancée, on tient le bon bout. On est à deux doigts d'écraser tout le monde. Y compris les Anglais. C'est pas pour rien qu'ils m'ont déroulé le tapis rouge !

— Tout ceci est formidable, mais tu cours comme un fou à travers la France et l'Europe, tu travailles quinze heures par jour, y compris pendant les vacances. Tu vas finir par tomber malade. Tu ne pourras même pas aller au laboratoire, tu auras tout gagné.

— Mais non, mais non, dit Louis, balayant d'un revers de main les inquiétudes de sa femme. Et puis ce n'est pas le moment de fainéanter, je dois superviser la campagne de vaccination contre le charbon et préparer mon élection à l'Académie française. Alexandre Dumas est à fond, il milite pour que j'aie la majorité des voix, je ne peux pas le décevoir.

Marie ne se laissa pas démonter.

— Les Immortels[1] peuvent attendre. Repose-toi.

— Je te promets de faire attention, dit-il d'un ton solennel. D'ailleurs, les vacances arrivent.

Marie, qui le connaissait comme si elle l'avait fabriqué – ils étaient mariés depuis plus de trente ans – restait dubitative.

— Je connais tes vacances : tu en profites pour mettre à jour tes notes de laboratoire et relire de vieilles études. Tu devrais prendre un autre assistant, Louis.

— Pourquoi ?

— René ou Jean-Baptiste ne seront pas toujours disponibles. Notre fils va partir à l'étranger et René doit s'occuper de sa famille. Il te faut un vrai bras droit, quelqu'un de toute confiance et d'éduqué.

— J'ai Eugène, il est très bien.

— Louis, c'est ton préparateur !

— Émile et Charles sont très compétents.

— Ils t'aident, c'est vrai, mais ils ont leurs propres recherches, leurs propres intérêts. Émile est psycho-rigide, et Charles est étourdi comme un moineau, il oublie ses cultures de virus dans les coins. Tu ne peux

1. Surnom donné aux académiciens.

pas leur demander de réaliser tes propres expériences. Tu dois trouver quelqu'un qui ne s'occupe que de toi. Quelqu'un d'autre que moi !

— Tu as raison. Je vais y réfléchir.

Se penchant sur la table, Louis lui serra la main avec un sourire.

— Promis juré, je ferai le service minimum pendant les vacances, ma chérie. Je travaillerai seulement le matin.

3

Un beau jour de septembre, Louis surgit comme une tornade dans le salon où sa femme recousait des boutons à l'une de ses redingotes.

— Marie ! Fais mes valises et donne-moi mon chapeau en castor ! Je pars à Bordeaux.

Marie sursauta et se piqua le doigt.

— Pourquoi donc ? zézaya-t-elle en suçant son index.

Louis tournoya sur lui-même en agitant une lettre.

— On vient de m'informer qu'un bateau en provenance du Sénégal serait plein de malades de la fièvre jaune. Il y aurait cinquante moribonds au lazaret de Pauillac. Tu te rends compte : c'est merveilleux !

Il jeta le courrier en l'air et, les yeux brillants, saisit les mains de sa femme.

— Imagine, ma chérie ! De beaux malades tout frais ! Je dois vite récupérer leur sang et leurs crachats. C'est la meilleure occasion de faire avancer mes recherches sur les épidémies humaines ! Cela fait des mois que j'attends un miracle de ce genre. Quelle chance ! Je trouverai peut-être aussi des cadavres !

Marie s'affola.

— Mais tu ne peux pas y aller tout seul, dit-elle en agitant son doigt troué. Pense à ton état, ton hémiplégie, ton bras.

— Rassure-toi, j'emmène le petit Eugène avec moi, dit Louis en se précipitant dans son bureau.

— Et si tu attrapes le virus et tombes malade ?

— Le danger, c'est la vie, et la science exige que l'on prenne des risques, ma chérie.

Tout en rassemblant ses carnets et ses crayons, il cria par-dessus son épaule :

— Pas la peine de prévoir d'habits, je n'irai pas en réception. Mets juste des chemises et des paletots de travail. Et cette fois, n'oublie pas ma brosse à dents, comme lors de mon voyage à Londres. J'ai dû faire trois drogueries pour en racheter une !

— Je rêve, souffla Marie en rangeant ses aiguilles et son fil.

Muni d'Eugène, son préparateur, qui portait leurs sacs de voyage, Louis sauta dans le premier train pour Bordeaux. Cinq cent quatre-vingt-seize kilomètres et une dizaine d'heures plus tard, il déboulait comme une furie dans la ville maritime. Bordeaux s'enorgueillissait d'être le quatrième port de France et pouvait accueillir plus d'un millier de bateaux. La ville était aérée et grouillante d'activité. On y croisait des marins et des voyageurs en transit vers les colonies ou l'Amérique, mais aussi une foule de représentants de commerce, de marchands de vin, d'artistes plus ou moins heureux, et d'artisans au premier rang desquels les tonneliers et les charpentiers de marine.

Mais Louis n'était pas venu faire du tourisme. Tandis qu'Eugène marchait le nez en l'air, admirant les rues ensoleillées et les façades sculptées des demeures des riches négociants, le savant ne voyait que son projet : trouver illico le bateau plein de malades et faire le plein de virus, de toutes les tailles et dans leurs états.

Malgré son soleil et ses jolies places, Bordeaux ne brillait pas par la qualité de son hôtellerie, plus adaptée aux commerciaux de passage ou aux marins en goguette qu'à un scientifique à cheval sur l'hygiène. Louis parvint à dénicher deux chambres contiguës à l'hôtel Richelieu. Les pièces étaient petites et perchées au troisième étage.

— C'est malcommode, dit-il à Eugène, mais au moins ma femme sera contente : cela nous coûte seulement sept francs la nuit. Et puis, c'est provisoire. Nous trouverons un logement au plus près de nos malades, à Pauillac, sitôt que nous aurons mis la main sur eux.

Il avait déjà prévu de faire venir une étuve portative de Paris pour installer un laboratoire de poche entre son lit et sa commode. Il était certain de l'accord des autorités sanitaires du port : ses recherches étaient trop importantes et son sérieux trop reconnu pour qu'on lui refuse l'accès à deux ou trois cadavres.

Les cheveux drus et noirs de Louis contrastant avec sa barbe grise, ses poches sous les yeux, son regard perçant étaient identifiables entre mille. Dès le lendemain, les journaux annoncèrent son arrivée. Lorsqu'il sortit de l'hôtel, on l'aborda, on le félicita.

— C'est insupportable, on ne peut rien faire incognito, gémit-il auprès d'Eugène. Je ne suis pas venu distribuer des autographes ni me présenter à la députation.

— Vous seriez élu, pourtant, c'est sûr.

La bonne humeur d'Eugène rendit le sourire à Louis.

— Certainement, mais je préfère mon labo à la Chambre !

La joie de Louis tomba rapidement. Deux jours plus tard, il envoyait une lettre désespérée à Marie :

> *J'ai passé la journée d'hier à Pauillac. Plus de fiévreux ; tous en convalescence. Or, il nous faudrait non seulement des malades mais des mourants et des morts*[1].

Louis était au bord des larmes. *Le Condé*, un navire en quarantaine au large de Pauillac, n'avait plus aucun macchabée à bord. Tous les passagers avaient guéri – et les moins chanceux avaient été jetés par-dessus bord quelque part dans l'océan entre Saint-Louis et la France. Restait un espoir, *Le Richelieu*, lui aussi en provenance du Sénégal et attendu d'un jour à l'autre à Bordeaux. Louis l'espérait chargé jusqu'à la gueule de malades. Il l'attendit dix jours, tuant le temps à la bibliothèque publique où il prépara son discours de réception à l'Académie française en avalant les œuvres complètes de Littré, son prédécesseur au fauteuil n° 17. Hélas, lorsque le bateau arriva à Bordeaux, il ne comptait qu'un malheureux convalescent.

— Catastrophe, pesta Louis. C'est la lose.

— On fait quoi, patron ? demanda Eugène.

— On rentre.

1. *Correspondance de Louis Pasteur*, tome 3, p. 240 et suivantes.

Louis remonta à Paris fort désappointé et un peu honteux : Marie s'était rongé les sangs pour rien. Afin de s'excuser, il lui promit qu'elle l'accompagnerait lors du prochain colloque auquel il serait invité.

— Que ce soit à Rome ou à Édimbourg.

— Je préférerais Rome, dit Marie.

1882

4

Louis retrouva son laboratoire à l'École normale avec soulagement. Son laboratoire était sa bulle, son royaume. Une grande salle de travail, bien éclairée, donnait sur la cour et le jardin. Tout y était organisé pour travailler selon ses méthodes – qui étaient loin d'être communes. Une quantité de substances mystérieuses, poudres, liquides, minérales, animales, acides ou gluantes remplissait les armoires vitrées. Les ballons à col de cygne, tubes à essai, balances de précision et microscopes s'alignaient sur les tables de chêne cirées comme des soldats au garde à vous. Chacun s'affairait en silence. Personne n'avait le droit de mettre les pieds dans ce sanctuaire, hormis ses collaborateurs. Un journaliste plus curieux que les autres avait tenté d'y glisser le nez; Louis l'avait évacué illico presto. Même punition pour deux confrères de l'Académie de médecine, brûlant de voir l'antre de ce diable de chimiste qui se piquait de faire avancer la thérapeutique.

— Je ne suis pas un phénomène de foire, avait grogné Louis. Ils vont tout tripoter, tout critiquer et rien comprendre.

Il acceptait tout de même de subir les visites mondaines d'hommes politiques, de grands industriels et de princes étrangers parce qu'elles lui étaient utiles pour faire connaître son travail et séduire de futurs appuis.

Émile Roux et Charles Chamberland, deux de ses principaux collaborateurs, étaient déjà arrivés.

À trente ans, Émile Roux était tout sauf diplomate. Il avait longtemps suivi silencieusement les travaux de Pasteur; apprenti médecin, il préparait alors des cultures de levure à l'Hôtel-Dieu, en tant qu'aide clinique d'Émile Duclaux (le monde était plein d'Émile), un ami de Pasteur. Roux était curieux; il s'était passionné pour ces « *infiniment petits* », comme les appelait Louis. Tous les mardis, il venait à l'Académie de médecine et suivait les interventions du chimiste, notant d'un air concentré les étapes déroulées par le savant, hochant la tête avec vigueur à chaque conclusion. Tant et si bien que Louis avait fini par le remarquer et souhaiter le recruter. Ils travaillaient ensemble depuis quatre ans.

Jurassien comme le maître, Charles Chamberland était un ovni. Il avait été reçu à Polytechnique et à l'École normale ; il avait choisi Normale par amour de la recherche. Son agrégation en poche, il était devenu l'un des meilleurs collaborateurs de Louis Pasteur à seulement vingt-quatre ans. Sous ses airs fantaisistes, c'était lui qui avait travaillé avec le patron au fameux mémo « La théorie des germes et ses applications à la médecine et à la chirurgie », une publication qui avait révolutionné l'histoire de la médecine et mis fin à la thèse ridicule de la génération spontanée. Dix ans plus tard, Louis se félicitait toujours de l'avoir embauché : ainsi, son autoclave Chamberland, une étuve de stérilisation qui avait été adoptée avec enthousiasme rue d'Ulm mais aussi par tous les autres labo de recherche, témoignait de son inventivité exceptionnelle.

Traversant la pièce, le savant s'installa derrière son pupitre et ouvrit un cahier neuf.

— C'est l'heure du *brainstorming*. Où en êtes-vous ? Avez-vous de nouvelles idées ?

Les « idées », c'était son truc. Chaque matin, c'était le même rituel : les garçons lançaient leurs réflexions en vrac et Louis notait les pistes à développer. Il acceptait toutes les suggestions, pourvu qu'elles soient argumentées. Une fois les neurones bien agités, les propositions triées, tout le monde partait déjeuner. Les projets retenus le matin étaient lancés l'après-midi et chacun se plongeait dans ses expériences. Pendant que Louis assistait aux séances de l'Académie de médecine, Charles en profitait pour sortir fumer sa pipe dans la cour. Le maître exécrait l'odeur du tabac et personne n'osait fumer devant lui. Louis revenait vers cinq heures, demandait ce qui avait été fait et prenait des notes. Cahier et stylo à la main, il vérifiait soigneusement les étiquettes collées sur les cages des animaux, leur état, puis il rapportait à ses collaborateurs les concepts intéressants évoqués à l'Académie et débriefait les travaux en cours. Lui, plutôt taiseux et solitaire, s'enflammait alors des heures sur la dissymétrie moléculaire ou les relations des levures avec la nature.

Ce jour-là, Louis était si heureux de retrouver ses lieutenants que Marie dut le faire appeler deux fois. Finalement, seule et désolée devant sa soupière de potage qui refroidissait, elle vint le chercher elle-même. Voyant le visage de sa femme apparaître à la porte du laboratoire, le savant s'écria :

— Ah là là, je vais me faire gronder par votre faute ! À demain, les enfants !

Il se sauva en riant et en oubliant d'enlever sa blouse.

Après le repas, tandis que sa femme lisait, Louis réfléchissait tout en buvant une verveine.

— Ça s'active au labo, les garçons sont motivés comme jamais, mais je ne sais pas pourquoi, je trouve qu'on vivote. Il nous manque quelque chose !

— Ah, répondit Marie, habituée aux idées grandioses de son mari. Au fait, as-tu convaincu Adrien de venir travailler avec toi ? Il serait un parfait bras droit.

— Je vais m'en occuper mais il y a plus important : il nous faut un grand projet commun. Quelque chose qui booste le laboratoire. Une belle maladie à éradiquer !

Ça faisait longtemps qu'il n'avait pas eu dix projets en cours, pensa Marie.

— La lèpre ? suggéra-t-elle, pince-sans-rire.

— Trop loin. Je n'ai pas pu aller au Sénégal, je ne pourrai pas aller en Inde ni à Madagascar, où sont les plus beaux foyers d'infection.

— La poussière. Ça, ça serait utile, toutes les ménagères te béniraient.

Imperméable à l'ironie de sa femme, Louis protesta.

— Ce n'est pas une maladie, voyons.

— Pour nos tapis, si.

— Marie ! Sois sérieuse deux minutes, s'il te plaît.

— Bon, bon… la gale ? C'est très contagieux.

— Déjà étudiée par Renucci et Ferdinand von Hebra qui ont démontré qu'elle se développe grâce à un sarcopte[1]. Il n'y a plus grand-chose à en dire.

Marie étouffa un bâillement et ferma son livre.

— Je vais réfléchir. Je te laisse éteindre la lumière.

On n'est pas aidé, songea Louis en fixant la lampe à pétrole. Même s'il dormait peu, la nuit lui portait conseil. Il éteignit la lampe et alla se coucher à son tour, l'esprit agité.

---

1. Un sarcopte est une espèce d'acarien parasite.

1883

5

Louis avait fini par embaucher Adrien et ce dernier secondait son oncle depuis quelques mois. Adrien était content de son travail. Il était content de tout, d'ailleurs, car c'était un garçon facile à vivre. Il était content d'avoir été embauché par son oncle, content de travailler dans un laboratoire plein de virus et d'acides, content de découvrir des méthodes de travail plus originales que celles qu'il avait connues en aidant son propre père. Adrien Loir connaissait Louis depuis qu'il savait marcher. Marie Pasteur était sa tante, c'est-à-dire la sœur de sa mère, et Adrien avait passé quantité de vacances chez les Pasteur. De leur côté, ses parents avaient accueilli régulièrement Louis et Marie. Petit, il avait été émerveillé par la curiosité et la patience du savant : Louis passait des heures à observer des animaux ou toutes sortes de phénomènes naturels et à les expliquer à son neveu.

Mais son petit salaire de préparateur lui laissait parfois le ventre creux en fin de semaine, et ce vendredi soir, il était tout à fait réjoui d'être invité à dîner chez son autre oncle, Michel Peter. Adrien l'appelait « oncle », bien qu'il s'agisse de son cousin : Michel avait épousé la cousine germaine d'Adrien. Louis et Michel étaient opposés comme l'eau et le feu, mais Adrien admirait également les deux et n'était pas dépaysé lorsqu'il discutait avec son oncle Michel ; Peter était médecin et enseignait à la faculté de Paris.

Adrien lui-même avait grandi dans un milieu scientifique. Sa mère Amélie était fille de doyen d'université et son père, Adrien Loir senior, agrégé de pharmacie et doyen de la faculté de Lyon. Avec un tel héritage, tout concourait à pousser le petit Adrien junior vers les sciences et le professorat. C'était un bon élève, sage et appliqué, et il avait obtenu très honorablement son baccalauréat. À dix-huit ans, pourtant, il s'était pris de passion pour l'uniforme. Était-ce un reflux de nationalisme né de la guerre ou l'envie de suivre de vieux copains qui s'engageaient ? Toujours est-il qu'Adrien se préparait à entrer à Saint-Cyr.

Son cadavre aurait sans doute pourri dans une vallée du Dahomey ou au bord du fleuve Jaune pour la plus grande gloire de la République si son père ne lui avait pas alors transmis une proposition aussi inattendue que flatteuse : Louis proposait de l'embaucher comme assistant personnel. Le chimiste était déjà entouré de préparateurs et d'assistants mais ce neveu réservé et de bonne compagnie, obéissant, calme, enjoué, lui avait semblé la perle rare.

Ému et flatté de cette marque de confiance, Adrien était entré au service de son oncle comme on entre au couvent. Il se mettait en quatre pour seconder le grand homme de la famille. Contrairement à Charles Chamberland ou Émile Roux, les autres collaborateurs de Louis, tous agrégés ou docteurs, le jeune homme s'était formé plus ou moins sur le tas. Son baptême du feu avait eu lieu plusieurs années auparavant durant des vacances à Arbois, dans le Jura. Son oncle, qui étudiait alors le processus de la vinification, avait aménagé un laboratoire dans la salle d'un bistrot désaffecté. Adrien, qui avait quinze ou seize ans, avait été embauché pour un job d'été. Les appareils scientifiques avaient été commandés au forgeron du village et Adrien, avec les assistants de Louis, allait puiser de l'eau à la fontaine et entretenait le feu sous ces drôles de machines. Plus tard, il avait appris à souffler le verre et s'était formé à la calligraphie. De quoi devenir un parfait manipulateur et secrétaire particulier.

Moitié assistant et moitié préparateur, valet de chambre occasionnel, Adrien était devenu en quelques mois les mains et les bras de son oncle. Sa tante Marie lui avait montré comment nouer la cravate de son époux et l'aider à enfiler ses bottines lorsqu'il l'accompagnait en voyage. Intégré au laboratoire depuis le mois d'octobre 1882, le jeune homme parachevait son apprentissage scientifique. Le savant lui indiquait les appareils à utiliser, les produits à manipuler, les gestes à effectuer et Adrien suivait le plus consciencieusement possible les ordres, mais parfois, lorsqu'il positionnait mal deux lamelles sous le microscope ou versait une goutte de trop dans un tube, il sentait son oncle, assis à cinquante centimètres de lui, tressaillir et gémir de frustration. Adrien, qui avait bon cœur, comprenait le sentiment d'impuissance du chercheur et s'appliquait de toutes ses forces afin de lui éviter ces crises d'angoisse.

Le jeune homme vérifia la propreté de sa chemise, lissa ses cheveux avec un peu d'eau, et, sifflotant, s'en alla chez les Peter. À six heures et demie précises, il sonnait à la porte du bel hôtel particulier de son oncle.

Michel l'accueillit chaleureusement.

— J'espère que tu as faim ? Ta tante a préparé un bon gigot.

Adrien avait très faim. Le plaisir de travailler avec Louis Pasteur ne remplissait pas son estomac. Il n'osait avouer à personne qu'il allait parfois, en douce, piquer quelques patates aux cochons du labo, pour améliorer sa soupe du soir.

— Il y a longtemps que nous ne t'avions pas vu, dit Céline Peter en venant l'embrasser à son tour. Comment ça se passe ? Tu es bien installé ?

— Oh oui, j'ai une chambre à côté du laboratoire, rue Vauquelin, avec d'autres garçons de laboratoire. Mon oncle Louis m'a emmené acheter un édredon bien chaud, une lampe pour travailler le soir, une armoire, tout ce qu'il faut. Il m'a même offert un tapis et un petit poêle.

— C'est parfait, dit Céline.

— On a mis l'armoire dans le couloir, parce qu'elle prendrait trop de place dans ma chambre, mais la lampe à pétrole est drôlement pratique. Je ne suis pas obligé de la remonter toutes les deux heures comme ma vieille lampe à huile.

Le professeur Peter fronça les sourcils.

— Ne travaille pas trop tout de même. C'est pratique de loger à côté de son travail, mais le risque, c'est d'y passer jours et nuits.

— Ne vous inquiétez pas, oncle Michel. Je discute beaucoup avec mon collègue Eugène, nous nous entendons très bien et il vit rue Vauquelin, comme moi. Et je sors de temps en temps avec des copains.

Michel, qui était discret, n'insista pas. Il entraîna son neveu vers la salle à manger.

— Raconte-nous ton séjour dans le Sud. Est-ce que la région t'a plu ?

Adrien était parti à Bollène avec Louis et une partie de l'équipe Pasteur pour étudier le rouget du porc, une maladie qui décimait les élevages de cochons du Vaucluse. Fort de sa grande invention, le vaccin contre le charbon du mouton, le chercheur était convaincu de pouvoir l'appliquer au rouget et éradiquer l'épidémie.

— J'ai visité plus de porcheries que de châteaux, dit Adrien en riant. Mais la Provence est belle. La couleur du ciel et l'accent des gens me donnaient envie de chanter et de danser.

— À propos de chant, as-tu vu *Aïda* ?

— Non, oncle Michel, toujours pas.

Il en avait très envie, mais le prix d'une place d'opéra exploserait son budget famélique.

— C'est magnifique ! Ils le rejouent la semaine prochaine, offre-toi une soirée et va découvrir cette merveille. Je pense qu'on en parlera encore dans un siècle. Ta tante et moi n'avons pas le temps d'aller à l'opéra ce mois-ci, profite de nos places et invite une amie.

— Merci, oncle Michel.

La bouche pleine de petits pois et de gigot, Adrien se dit qu'il avait bien de la chance d'avoir des oncles aussi généreux.

— Je m'inquiète pour Adrien, dit Michel en enfilant sa chemise de nuit.

Céline, qui lisait déjà au lit, haussa les sourcils.

— Pourquoi ? Il semble ravi de son poste. Il se sent utile et Louis lui donne des responsabilités. J'ai l'impression qu'il a trouvé sa voie.

— Adrien est toujours content, mais Louis a de drôles d'idées. Depuis quelques mois, il manigance je ne sais quoi autour des vaccins sur les humains et je crains le pire.

— Tu t'inquiètes pour rien, mon chéri.

— Les théories de Louis sur les microbes, ces choses qui s'abattraient sur les patients comme des plaies d'Égypte, sont ridicules mais elles ne risquent pas de faire grand mal. Les vaccins, c'est autre chose. On touche au corps, on y injecte des virus, le corps est une machine délicate. Et Louis n'y connaît rien ! Il n'est pas médecin, il ne verra même pas s'il provoque un rhume.

— Beaucoup de tes confrères y croient, dit Céline.

Michel secoua la tête.

— Les médecins peuvent être d'une bêtise, ma chérie… Tu leur parles de fièvre typhoïde, ils n'entendent que le mot fièvre et prescrivent de l'eau froide. Ils pratiquent une doctrine de pompiers. Non, vraiment, j'espère que Louis ne déclenchera rien de grave. Pourvu qu'il s'en tienne aux moutons…

6

Le triomphe de Londres, la baffe scientifique collée à Koch et son élection toute fraîche à l'Académie française avaient remonté Louis comme un coucou. Une idée lui trottait en tête depuis des mois.

— Il faut quitter la basse-cour et sauter dans le grand bain ! ne cessait-il de répéter à Marie. J'en ai marre de pleurnicher pour obtenir un budget et de boucler les fins de mois au labo avec trois sous grappillés à droite ou à gauche sur l'achat de nos chaussettes. Je dois trouver un moyen de diffuser nos travaux le plus largement possible. Si je trouve le bon filon, on aura *full credit* auprès du ministère.

Un matin, lors du *brainstorming* quotidien, il annonça à ses collaborateurs :

— Il faut tout miser sur la prophylaxie[1] de la rage.

Adrien Loir, qui était adossé à une table, sursauta. Son coude heurta un ballon vide qui roula sur le plancher et éclata en mille morceaux.

Louis fronça les sourcils.

— Mon Dieu, Adrien ! On n'a pas les moyens de changer la verrerie tous les quatre matins.

Rouge de confusion, Adrien alla chercher un balai pour réparer sa maladresse.

— La rage ? demanda Émile. Vous êtes sûr ?

Le jeune médecin avait pris de l'assurance. Ses observations quotidiennes le confortaient dans sa rigueur et sa patience et il hallucinait en voyant Pasteur remplir ses carnets « d'idées », sautant d'un projet à un autre. Un jour, Louis voulait s'occuper des maladies virales, un autre, des levures. On aurait dit un aspirateur. Pasteur lisait tout et s'intéressait à tout, voulait tout développer. Cette histoire de rage était une nouvelle lubie. L'équipe travaillait dessus depuis deux ans, certes, mais en pointillés. Trois ans plus tôt, Bourrel, un ancien vétérinaire de l'armée qui dirigeait un chenil, avait offert deux chiens enragés au laboratoire. Le sujet de la rage avait intéressé Louis ; il avait mené de premières expériences

1. La prophylaxie est l'ensemble des traitements et mesures empêchant le développement d'une maladie.

afin de déterminer si la maladie se transmettait bien par la bave et si elle était présente dans le sang des animaux malades, mais ces études s'étaient noyées parmi celles du charbon et du rouget.

Tout à son projet, Louis avait oublié le ballon de verre en miettes.

— Les vers à soie, les poules, les moutons, les cochons, ça va bien, dit-il. J'ai envie de rêver. De toucher les étoiles. De rabattre le caquet de ces médecins ignares qui n'utilisent même pas de pinces pour une autopsie et oublient de se laver les mains en passant à table alors qu'ils ont tripoté dix malades dans la matinée.

Depuis les Grecs, rappela-t-il, personne ne connaissait de remède contre cette horrible maladie. Ce n'était pas faute de chercher. Chacun y allait de son bon plan. Le pèlerinage à Saint-Hubert, en Belgique, raflait la majorité des suffrages. Si ce n'était pas efficace, au moins n'était-ce ni plus douloureux ni pire que le mal, contrairement à la cautérisation des morsures au fer rouge qui restait la méthode la plus utilisée. D'autres spécialistes conseillaient de se jeter trois fois dans la mer de Dieppe ; mieux valait savoir nager. Dans le cas contraire, on tentait des soins dont l'origine laissait aussi perplexe que leur procédé : manger une omelette à la poudre de coquilles d'huîtres, faire des frictions au mercure, sniffer de l'essence de corne de cerf ou avaler un bouillon aux yeux d'écrevisses. Bref, on essayait tout et rien ne fonctionnait. Le seul progrès constaté en deux mille ans avait été de remplacer le fer rouge par des produits acides pour cautériser les plaies. Ça ne puait plus le bœuf grillé, ça semblait un peu moins violent, mais ça ne guérissait guère plus.

Les jeunes l'écoutaient, silencieux et un peu inquiets. Le flegmatique Charles sortit machinalement sa pipe, puis, avec un soupir, la renfonça dans sa poche et en tira un bâton de réglisse qu'il mâchonna.

— Je sais que la rage vous intéresse, Émile, poursuivit Pasteur. Vous l'avez déjà étudiée pour votre thèse de médecine. Je vous autorise à foncer.

Dubitatif, Émile fit la moue.

— À peine une personne mordue sur six décède. Pourquoi la priorité sur ce virus ? Un vaccin contre la typhoïde serait plus intéressant.

— Ok, ok, dit Louis en agitant la main. Le choléra ou la fièvre jaune frappent mille fois plus de gens, bien sûr, mais c'est plus loin. Tout le monde ne part pas en week-end en Égypte, en Espagne ou en Inde. La rage, elle, est à Paris, à Lyon, à Nantes, au fond de la Bretagne et sur les bords de la Nièvre, elle rôde dans les bois de Sologne et sur les monts d'Auvergne. Elle peut apparaître partout. Du jour au lendemain, votre chien, un brave toutou qui garde votre maison et vous accueille chaque soir en frétillant de la queue, peut se transformer en monstre bavant, dévorer votre chat et vous arracher un bout de mollet ou la moitié de la figure. Ce n'est pas rien ! C'est bien plus terrifiant qu'une fièvre ! En prime, vous êtes sûr d'y passer dans d'affreuses souffrances.

Le chercheur s'était enflammé, ses yeux verts brillaient, son lorgnon glissa dans le col de sa veste sans qu'il y prenne garde.

— Donc c'est pour faire parler de nos travaux dans les journaux ? demanda Émile dont le visage osseux et pâle s'était encore allongé.

— Faut être réaliste : on ne prête qu'aux gens connus. La rage est plus télégénique que la grippe ou la tuberculose[1]. Pas d'articles, pas de subventions. Pas de subventions, pas de laboratoire.

Charles peinait à y croire.

— On n'a jamais travaillé sur l'humain, ça va nous prendre un temps fou. On y sera encore dans dix ans !

Il visualisait déjà la montagne d'expériences en vue, les dizaines de pistes à suivre et à abandonner. Mais aucune réserve ne pouvait écraser l'assurance de Louis.

---

1. Le professeur Calmette, l'un de ses élèves, et le docteur Camille Guérin s'attaqueront à la tuberculose quelques années plus tard et élaboreront le BCG.

— C'est le meilleur plan du monde, mes enfants. J'ai réfléchi à tout. Les travaux de Pierre-Victor Galtier[1] nous ont aidés, et, en reprenant les bases de notre procédé pour le charbon, on va y arriver. Un vaccin est possible, j'en suis certain. Allez, hop, au boulot !

1. Galtier, vétérinaire, avait démontré en 1879 que le lapin était le meilleur animal pour développer la rage car l'incubation de la maladie y est courte et il n'est pas agressif.

7

Contrairement à certains de ses confrères, Louis n'était pas monomaniaque. Une étude le menait à une découverte, laquelle le poussait à entamer une deuxième étude, et ainsi de suite. Il avançait dans la science comme un enfant sautant à cloche-pied d'une flaque à l'autre. En 1847, fraîchement diplômé de l'École normale, il s'était focalisé sur la dissymétrie moléculaire ; pourquoi ce sujet plutôt que les fluides ou l'énergie ? Sans doute pour réaliser un exploit qui épaterait ses maîtres, Jean-Baptiste Dumas et Jean-Baptiste Biot. Il avait réussi le défi en associant plusieurs domaines tels que l'optique, la cristallographie, la chimie et montré comment deux molécules en apparence identiques pouvaient avoir des effets différents sur la lumière polarisée.

À vingt-cinq ans, Louis avait propulsé sur le devant de la scène une nouvelle discipline : la stéréochimie[1], et ouvert la porte à la chimie de synthèse.

Dix ans plus tard, il s'était jeté avec autant de passion dans l'étude de la fermentation, et ses premières connaissances lui avaient permis de découvrir un nouveau secret. Une moisissure provoquait la fermentation de l'acide paratartrique, qui se dissociait. Deuxième révolution. Qui avait poussé les distillateurs d'alcool de betterave du Nord à l'appeler au secours, leur production souffrant d'une qualité parfois aléatoire. En se penchant sur la fermentation alcoolique, le jeune chimiste avait conclu qu'elle était due à un organisme vivant, le ferment, et avait développé des techniques pour le « cultiver » ; ces recherches sur la fermentation l'avaient emmené vers l'étude des microbes et des maladies contagieuses, le poussant à proposer de nouvelles mesures de conservation des aliments et d'hygiène.

Concernant la rage, tout le matériel d'observation était déjà là. Pas besoin, contrairement au choléra, de prendre le train pour aller chercher des virus exotiques à l'autre bout de la France, il suffisait de traverser la rue. La rage était partout. La fourrière regorgeait de chiens

1. La stéréochimie est le domaine de la chimie qui étudie la structure spatiale des molécules et ses conséquences sur leurs propriétés.

errants ramassés sur les trottoirs de Paris. Sitôt le projet lancé, Louis en acheta des dizaines pour deux francs ou deux francs cinquante pièces, les installa dans des cages et lança une farandole d'essais. Le plus difficile fut de se procurer des singes : contrairement à l'épagneul ou au labrador, l'espèce n'était pas endémique en Île-de-France.

Problème : la maladie pouvait couver des semaines, faisant traîner les expériences. Comment accélérer les choses ? Le docteur Duboué, qui s'intéressait aussi à la rage, avait présenté une étude tout à fait intéressante, selon laquelle la transmission de la rage pouvait se faire par dépôt de moelle d'un chien enragé sur un autre chien.

Un matin, en faisant l'autopsie d'un chien mort, Louis eut une idée de génie.

— On va prélever un peu de cervelle. Et voir si elle est aussi enragée. Adrien, va me flamber un tube.

Le morceau de bulbe prélevé, il fut délayé dans un peu d'eau bouillie et injecté à un lapin. Miracle, celui-ci mourut de la rage quelques jours plus tard. Alors Louis vit une nouvelle porte s'ouvrir pour raccourcir encore la durée des essais.

— Et si on injectait directement la cervelle enragée dans le cerveau d'un chien sain ? L'incubation serait peut-être plus rapide.

Émile proposa de trépaner un chien pour faire un essai. Il suffisait de faire un trou dans le crâne à l'aide d'un genre de chignole, puis d'injecter la bouillie de culture à l'aide d'une seringue et de refermer. Propre et efficace.

La première fois qu'il assista à l'opération, Louis manqua tourner de l'œil. Le chien était ficelé sur une planche et gémissait à fendre l'âme.

— C'est horrible, la pauvre bête va mourir ou être handicapée !

— Mais non, mais non, riposta Émile. Vous verrez demain.

Il colla un cornet de papier buvard imbibé de chloroforme sur le museau du chien qui s'endormit aussi sec. Louis se sauva avant de voir l'opération. Le lendemain, le toutou avait un gros pansement sur le crâne mais il bougeait toujours les quatre pattes.

— Ouf, dit le chercheur. Mais promettez-moi de ne le faire que si c'est vraiment nécessaire.

Il ne dit pas ouf longtemps. La nouvelle de ses expériences s'était répandue dans Paris.

8

Tout le monde ne goûtait pas les avancées du savant. Marie Huot, en particulier, entra dans une rage folle. Elle sortait d'un meeting féministe lorsque son amie Louise Michel l'interpella. Ce jour-là, Louise avait une extinction de voix et n'avait pas pu intervenir ; la cohue était telle que Marie n'avait pas réussi à la retrouver dans la salle.

— Tu connais la dernière sur Pasteur ?

— De quoi parles-tu ? demanda Marie.

— Il achète de plus en plus de chiens et de lapins pour ses expériences, il en aurait des dizaines auxquels il donne la rage.

Marie soupira.

— Il injectait déjà le choléra aux poules et le charbon aux moutons.

— Oui, mais cette fois, il trépane les chiens et tue les lapins. Et quand il ne les tue pas de ses propres mains, il les regarde mourir, l'arrière-train paralysé par la maladie, incapables de s'asseoir ou de marcher. Imagine les souffrances de ces pauvres innocents !

Le visage de Marie se crispa. Elle imagina Louis rompre le cou à des dizaines de malheureux lapins terrifiés et manqua vomir sur ses bottines.

— Sapristi, c'est atroce ! Il faut alerter l'opinion.

— C'est ce que je pense aussi, dit Louise.

— Merci de m'avoir avertie.

Elle s'éloigna à pas lents, réfléchissant à la manière d'arrêter ces horreurs. Le laboratoire était bien gardé, personne ne pouvait y entrer. Impossible de s'y glisser. Dommage ! Elle aurait adoré lâcher ces singes et lapins au crâne couturé le long de la rue Royale ou dans le jardin du Luxembourg. La vue de ces pauvres bestioles réveillerait les pimbêches de la haute société et les députés fainéants.

Un fourgon, qui roulait trop près du trottoir, éclaboussa sa jupe d'eau boueuse.

— Faites donc attention ! cria-t-elle au conducteur.

Le bruit des chevaux étouffa la protestation de la jeune femme et le cocher ne se retourna pas, mais un passant qui marchait derrière elle l'entendit.

— Si t'as peur des voitures, faut circuler en chaise à porteurs, duchesse.

Le tissu gorgé d'eau collait aux jambes de Marie et entravait sa marche. Furieuse, elle se retourna.

— Sexiste ! Bourgeois ! Valet des patrons ! siffla-t-elle.

L'autre ricana mais devant l'air furieux de la jeune femme et son parapluie menaçant, il jugea préférable de changer de trottoir.

Marie Huot avait deux combats : les droits des femmes et ceux des animaux, les unes comme les autres étant méprisés, exploités et broyés par le patriarcat. Elle aimait les bêtes de tout son cœur. Elle les trouvait bien plus intéressantes que les hommes, dont elle exécrait la plupart des actions. Elle savait que certains la prenaient pour une folle, une féministe hystérique, mais elle ne lâcherait rien, et son mari la soutenait. Si elle n'avait pas la verve d'une Louise Michel, Marie était svelte, soignée, plutôt jolie, et savait que son physique jouait pour elle. Elle l'utilisait pour interpeler les députés et les journalistes, et multiplier les meetings. Elle était allée à Paris, Auxerre, Lyon, Bordeaux, pour alerter les citoyens contre les mœurs barbares des scientifiques pratiquant la vivisection. Et ils pullulaient. Comme le professeur Claude Bernard, ou son élève, son âme damnée, le physiologiste Paul Bert qui s'amusait à greffer des queues à des rats ou à les coudre ensemble. Il avait beau affirmer que c'était la seule manière d'étudier le système circulatoire et le processus de la cicatrisation pour améliorer les greffes sur les humains, Marie estimait qu'il n'avait qu'à l'étudier sur lui-même. Charité bien ordonnée… Et ce bourreau avait été élu député ! C'était à vous dégoûter de la nature humaine. La seule chose que Marie mettait à son crédit était d'avoir poussé à la création de centres de formation pour les jeunes filles. Mais si c'était pour leur farcir la tête d'horreurs…

Claude Bernard était mort, mais sa barbarie était bien vivante. Ce Pasteur sévissait à son tour. Un petit bourgeois, comme elle, mais qui s'était vendu au capitalisme, aux industriels, aux politiques ! Un pourri qui avait fricoté avec l'empereur. Marie essuya deux larmes de rage. On allait voir ce qu'on allait voir. Elle était devenue une experte des *happenings*. Son plus grand coup d'éclat avait eu lieu le 24 mai 1883. Ce jour-là, le professeur Brown-Séquard s'apprêtait à ouvrir tout vif et sans anesthésie un malheureux singe, et comme ce vilain bonhomme aimait les projecteurs, il menait l'opération au Collège de France. Marie, usant de son aspect de faible femme, s'était glissée dans le public, avait sauté sur l'estrade et avait collé quelques bons coups d'ombrelle sur la tête et le dos du professeur de médecine expérimentale. Malheureusement pas assez fort pour l'assommer. Le barbare avait été ridiculisé mais Marie regrettait encore de n'avoir pas osé utiliser un revolver à la place de son ombrelle en dentelle.

Comment atomiser ce Pasteur ? Il savait si bien se mettre en avant… Il fallait dévoiler sa face cachée et, malheureusement, elle ne pouvait pas publier de photos de ses expériences. Mais les mots aussi pouvaient toucher les lecteurs. Une tribune ! Elle allait publier une tribune. Quelques rédacteurs en chef acceptaient de relayer ses opinions. Et à la première conférence publique du savant, elle lui réserverait un accueil aux petits oignons… Emportée par son idée, Marie Huot accéléra le pas.

Si la jeune femme avait su que Louis Pasteur avait demandé à un ami de lui vendre son chimpanzé apprivoisé comme objet d'expérience, elle aurait sans doute éventré le savant avec une paire de ciseaux à broder. Mais comme elle l'ignorait, elle se contenta de prendre sa plume.

9

Marie Pasteur lisait son journal et, comme tous les matins, elle rapportait à son mari chaque article politique ou scientifique lui semblant intéressant, lorsqu'elle tomba sur une tribune particulièrement saignante. Signée d'une certaine Mme Huot, elle exigeait l'arrêt total et immédiat des expériences sur les animaux. Elle détaillait les tortures diverses et variées infligées par « ces savants fous » aux malheureuses bêtes sans défense et terminait en exigeant, à défaut de la tête de Pasteur, la suspension de ses subventions, pensions et autres aides accordées par l'État, un état complice et complaisant de cette barbarie, une barbarie indigne d'un pays civilisé qui prétendait pourtant éduquer les autres peuples aux confins de la terre.

— Cette Mme Huot qui se prétend poétesse et journaliste s'occupe aussi de santé publique, s'étonna Marie en refermant le journal.

— Elle est secrétaire de la Ligue populaire contre la vivisection, soupira Louis. Elle a réussi à embrigader plein de monde et elle est encore plus enragée que les membres de la Société française contre la vivisection ou que les antivax. Une association de protection des animaux a aussi lancé une pétition contre moi. Entre cette Huot et Louise Michel, j'ai ma dose.

Il reposa sa tasse de chocolat chaud d'un air écœuré.

— Elles croient que ça m'amuse, moi, de voir trépaner les chiens ? Si elles savaient dans quel état ça me met ! Et je ne les éventre pas ni ne les fais bouillir vivants comme d'autres chercheurs ! Je leur fais juste un petit trou dans le crâne après les avoir endormis gentiment, afin qu'ils ne souffrent pas.

— Cette folle préférerait peut-être que tu fasses tes expériences sur des bambins.

À ces mots, Louis frissonna.

— C'est ce que disait Claude Bernard à son épouse. Elle aussi voulait que son mari arrête ses expériences. Mais sans expériences, comment vérifier nos hypothèses ? Comment savoir de quelle manière le corps réagit ?

— Si ces femmes avaient deux sous de cervelle, elles comprendraient qu'il vaut mieux utiliser des lapins que des enfants, comme on l'a fait pour le vaccin contre la variole.

— Elles sont obsédées par la souffrance des animaux. Elles n'ont aucune idée des progrès que nous pouvons faire faire à la médecine. Sans les expériences de Paul Bert, où en serait-on des greffes ? Ça, elles ne se le demandent pas ! Et elles ne savent pas que mes animaux sont endormis, ou que je n'en sacrifie jamais un pour le plaisir. Je m'assure toujours que leur mort est indispensable à l'expérience. Quand je pense que Victor Hugo est président d'honneur de cette Ligue d'exaltés… Sait-il quels fantasmes, quelles entraves à la science et au progrès il cautionne ?

Marie releva la tête en souriant d'un air entendu :

— Hugo n'a jamais résisté à la sollicitation d'une femme. Ça ne va pas s'arranger maintenant qu'il est vieux et devient gâteux.

Elle se beurra une tartine tout en réfléchissant.

— Tu sais ce que tu devrais faire contre ces *fake news* ? Une opération de réinformation. Expliquer tout cela en détail au public. Les gens te confondent avec ces barbares parce qu'ils ne connaissent pas ta manière de travailler et ne savent pas que tu veux améliorer la vie des hommes.

Louis haussa les épaules.

— Je le répète à longueur d'articles mais, comme tu peux le constater, ça ne convainc pas tout le monde.

— Les journaux passent, on emballe le poisson avec le lendemain. Il faudrait quelque chose de plus durable. Qui marque les esprits et, surtout, qui fasse comprendre aux Français qui tu es, à quel point tu aimes l'humanité et veux l'aider.

Le front plissé, Marie se concentra.

— Tu devrais écrire un livre.

— Mais je publie toutes mes expériences dans les bulletins des académies, les gens n'ont qu'à les lire.

— Tu sais bien que tout le monde n'y a pas accès.

— Ils sont dans toutes les bibliothèques publiques, pourtant.

— Tu crois vraiment que les bourgeois et les grandes dames vont traîner leurs chapeaux là-bas ?

— J'ai déjà un million de choses à faire. Vraiment…

Mais Marie avait réponse à tout.

— Demande à René, ton gendre, dit-elle, il sera ravi de s'en occuper. Et il écrit très bien !

Acculé par l'obstination de sa femme, Louis céda.

— Bon, bon, je vais y réfléchir.

Et il s'enfuit vers son cher laboratoire, où l'attendaient une belle brochette de lapins fraîchement enragés.

Les semaines passèrent. Louis empila les notes et les communications auprès des académies mais oublia complètement le conseil de sa femme.

10

Sous ses rideaux de velours rouge et ses boiseries sombres, le palais Bourbon abritait parfois des empoignades de débardeurs. On s'y écharpait autour d'un détail, on y tapait des pieds à faire vibrer les murs, on y huait des noms ou des souvenirs, on y sifflait toutes sortes de propositions, des plus futiles aux plus sérieuses. Ce 13 juillet 1883, lorsque le président de la séance énuméra les derniers points à l'ordre du jour, un souffle fébrile parcourut les rangs de l'assemblée.

— M. le ministre de l'Agriculture rappelle que la Chambre, par une décision antérieure, a mis à l'ordre du jour trois points : premièrement, la discussion sur la prise en considération d'une proposition de loi de M. d'Aillières ; deuxièmement, le projet de loi relatif à la pension de M. Pasteur ; troisièmement, un projet de loi revenant du Sénat, et concernant la partie du code rural relative aux vices rédhibitoires dans les ventes et échanges d'animaux domestiques.

Une rafale d'exclamations interrompit le président, qui gronda :

— Messieurs, vous voterez ce que vous voudrez mais scrogneugneu, permettez au président et à M. le ministre de l'Agriculture de s'expliquer.

Tout en parlant, il pensa que l'après-midi allait être long. Pasteur soulevait toujours les controverses les plus enflammées et ne comptait pas que des amis dans les rangs de l'Assemblée nationale. Une quarantaine de médecins, en particulier, y siégeait, et si certains d'entre eux voyaient en lui un génie révolutionnaire et bienfaiteur, la plupart le prenaient pour un escroc.

Fallait-il doubler la pension accordée par l'État en 1874 à Louis Pasteur ? Comme l'avait prévu le président, les discussions s'annoncèrent laborieuses. À gauche, Benjamin Raspail, qui était vent debout contre la proposition, argua qu'il n'avait pas ses dossiers et demanda un report de la discussion. Son collègue de droite Paul-Antoine Bourgeois rétorqua qu'il n'y avait même pas à discuter :

— Quand il s'agit d'un homme comme Pasteur, de l'un des plus grands savants peut-être des temps modernes, d'un homme qui a rendu les plus grands services à l'agriculture et à l'humanité, qui a rappelé aux Allemands notre supériorité, je ne vois même pas à quoi ça sert. On signe des deux mains.

Le ministre de l'Agriculture approuva vigoureusement : Pasteur était un héros dans toutes les fermes du pays et les vétérinaires étaient prêts depuis des années à lui élever une statue. Émile Vernhes, qui était assis à l'extrême gauche de l'hémicycle, ne l'entendait pas de cette oreille.

— C'est un peu facile, dites donc ! On parle tout de même d'une pension de vingt-cinq mille francs par an, attribuée à vie, reversable à sa veuve et à ses enfants. On s'engage sur plusieurs décennies, on ne doit pas jeter l'argent du contribuable par la fenêtre sans réfléchir. J'ai lu le rapport de notre collègue Paul Bert et je suis furieux.

Ménageant ses effets, il balaya l'assemblée du regard et poursuivit :

— Moi, je dis que Pasteur mérite plus ! *(Tonnerre d'applaudissements)* D'abord, il a sauvé nos vaches et nos moutons, ensuite, il pourrait sauver nos enfants, puisque, selon votre rapport, monsieur Bert, la technique de Pasteur nous permettra de vaincre prochainement la rougeole et le diabète. Vous vous en fichez peut-être, mais moi, avant d'être député, je suis médecin, et ça m'intéresse, messieurs ! J'ai envoyé plusieurs rapports à l'Académie des sciences à ce sujet…

Paul Bert le coupa sèchement :

— Je n'ai rien reçu.

— Si vous preniez le temps de vous intéresser aux travaux de l'Académie et de lire les archives qui sont là pour ça, railla Vernhes, vous le sauriez. J'ai donc envoyé plusieurs rapports sur l'éradication des maladies infectieuses et moi, messieurs, je n'ai jamais reçu de pension de l'État. Je vous vois rigoler au fond, et ça me chauffe un peu les oreilles parce que vous, et vous, et vous, là, à droite, vous avez des enfants ou des petits-enfants ; leur vie vaut bien vingt-cinq mille francs, non ?

Les bravos succédèrent aux huées. Le président sourit. Les choses s'emmanchaient mieux que prévu et le vote serait bouclé rapidement. Hélas, Émile Vernhes gardait le meilleur pour la fin.

— Mais avant de voter, reprit le député, j'ai une question. Puisqu'on demande une récompense nationale, je voudrais savoir si le produit des tubes de vaccins contre le charbon qui se vendent vingt centimes à la rue d'Ulm profite à M. Pasteur ou à l'État, et si, par hasard, c'était l'officine de M. Pasteur, je ne voterais pas les vingt-cinq mille francs, parce que je crois qu'il gagnerait assez avec ce qu'il retirerait de ses ventes et qu'il n'a pas besoin de l'aide de l'État.

— Je demande la parole, cria Casimir Michou.

Finalement, songea le président, c'était pas gagné.

— Allez-y, marmonna-t-il.

Michou était déjà debout.

— Selon des renseignements qui me sont parvenus, les découvertes de M. Pasteur – que je ne conteste pas du tout –…

— Encore heureux, s'écria Paul Bert.

— Je ne les conteste pas, reprit Michou, mais elles sont arrivées à ce que l'on peut appeler la période de profit, pour ne pas dire la période d'exploitation *(rugissements)*. C'est normal, M. Pasteur tire profit de ses découvertes, il agit comme un propriétaire dans l'exploitation de sa ferme.

— Vous avez des preuves ? hurla-t-on à droite.

— Vous êtes un sacré salopard ! hurla-t-on à gauche.

— J'ai des documents, piailla Michou. Je veux juste les vérifier avant de vous les lire !

Son collègue Hippolyte Maze cria que c'était des foutaises, et documents ou pas, ça pesait du pipi de chat face à « une vie toute d'honneur, toute de travail, toute de dévouement à la science et au pays, comme celle de M. Pasteur ». On l'applaudit. Benjamin Raspail revint à son tour dans la bataille, soutenant Michou et demandant à nouveau qu'on remette la discussion à lundi, afin que lui aussi puisse ramener ses dossiers.

Les hurlements redoublèrent, les partisans de Louis s'indignaient qu'on piétine l'intégrité de leur champion. Le ministre de l'Agriculture, qui était resté recroquevillé sur son banc en espérant placer rapidement son projet de loi, suggéra qu'on repousse le vote de la pension de M. Pasteur au lendemain. Comme tous les avis tentant de concilier le blanc et le noir, celui-ci ne plut à personne.

Les partisans de Louis refusaient « que l'honneur d'un homme soit bafoué trois jours de plus ».

— On ne discute pas de l'honneur de Pasteur, tonna Georges Clemenceau, on essaie de savoir s'il a besoin d'argent.

D'une voix aigre, Paul Bert jugea que le débat avait pris un tour affligeant, et que, vraiment, si les citoyens voyaient ça, ils auraient honte. Benjamin Raspail lui demanda de ne pas détourner le problème en leur faisant le coup de la culpabilisation. Poussé dans ses retranchements, Paul Bert avoua qu'il avait eu connaissance de certaines choses.

— Un financier malin a eu vent des avancées de Pasteur et lui a proposé un million de francs plus un intéressement aux bénéfices pour exploiter ses futures découvertes. C'est grosso modo ce que l'Angleterre a donné à Jenner comme récompense nationale pour sa découverte contre la variole. M. Pasteur a considéré cette offre comme devait le faire un père de famille, et c'était son droit le plus strict.

Un brouhaha indescriptible noya la voix du rapporteur. Vernhes bondit sur ses pieds.

— Mais personne ne conteste ce droit ! s'écria-t-il.

Paul Bert avait repris son souffle.

— M. Pasteur a donc étudié la question, et ce sont les échanges relatifs à ces pourparlers qui ont été remis par des mains malveillantes à M. Michou. Mais, au moment de conclure, M. Pasteur a répondu qu'il ne pouvait pas accepter, parce qu'il avait été honoré d'une récompense nationale en 1874 et le produit de ses découvertes appartenait donc à l'État. Il a publié son procédé de vaccin du charbon juste après. Moi, je dis qu'un homme qui prend tous les jours le risque de manipuler des virus aussi mortels mérite bien vingt-cinq mille francs.

Il se rassit sous un tonnerre d'applaudissements. Mais Vernhes remonta au front.

— Moi aussi, je tripote des virus et à chaque épidémie, tous les médecins de France et du monde en tripotent et on ne reçoit pas un million, ni même vingt-cinq mille francs pour ça ! Vous noyez le poisson en jouant la sensiblerie.

Et comme le rapporteur s'offusquait, le député haussa la voix :

— Oui, la sensiblerie ! On ne va pas plaindre Pasteur de faire son métier, quand même ! Car, sur le principe, admettons que son vaccin qui sauve l'agriculture et des vies vaille un million. Soit. Vous n'avez pas répondu à ma question : combien gagne-t-il en les vendant ?

Au milieu du brouhaha, Benjamin Raspail réussit à reprendre la parole. Messieurs Michou et Vernhes, dit-il, soulignaient le cœur du problème : Pasteur méritait-il cet argent, et en avait-il besoin ? Clairement, non, et non, Pasteur était un misérable plagiaire, tout sauf un génie puisque son propre père, le grand chimiste François-Vincent Raspail, avait fait des découvertes tout aussi intéressantes bien avant Pasteur. Ensuite, c'était loin d'être le pauvre savant miséreux présenté par M. Bert.

— J'ai des preuves, assura Benjamin au milieu des cris d'indignation. Voici ce que m'a écrit une personne très bien informée.

Fouillant dans sa poche, il sortit une lettre, la déplia et lut :

« Monsieur le député, en présence du projet de loi accordant une pension de vingt-cinq mille francs par an à M. Pasteur et réversible après son décès sur sa femme et ses enfants, je trouve extraordinaire qu'aucune enquête n'ait été faite pour statuer sur le bien-fondé de cette loi. M. Pasteur, outre sa qualité de savant, n'est ni plus ni moins qu'un négociant, qui gagne par la vente de son vaccin (qu'il fait sous le nom et par l'entremise de M. Boutroux) la somme respectable de cent vingt mille à cent trente mille francs par an. En voici la preuve : il vend en moyenne cinq mille doubles doses par jour à dix centimes, soit cinq cents francs par jour ou cent quatre-vingt mille francs par an. Défalquez de cette somme les appointements à ses trois collaborateurs, à M. Boutroux, les dépenses réelles par double dose, il reste un bénéfice net annuel de cent vingt-huit mille francs. Car son appartement et ses laboratoires sont fournis gratis par la Ville et le gouvernement. Donc, en faisant sa demande, le savant cache le négociant. Qualifiez cette conduite comme vous voudrez et faites-en justice au profit du Trésor. Au besoin, je peux prouver ce que je viens d'avancer. Agréez, monsieur le député, l'assurance de ma considération la plus distinguée. »

— Un torchon anonyme, hurla Paul Bert. C'est écœurant !

— Pas du tout, répondit Raspail, hors de lui. Tout est chiffré, détaillé et c'est signé : M. Kunz.

À droite de l'hémicycle, on lança que ce Kunz était sûrement un Prussien. Le président en avait assez. Rassemblant ses dernières forces, il ordonna le vote de l'article 2 :

— La pension votée en 1874 est portée à vingt-cinq mille francs annuels. Cette pension sera inscrite au livre des pensions civiles du Trésor public, avec jouissance à partir du jour de la promulgation de la présente loi ; elle sera réversible en totalité sur la veuve d'abord, et ensuite sur les enfants de M. Pasteur. Tout le monde est d'accord ?

— Pas moi, s'écria Raspail qui ne lâchait rien. Au nom des camarades qui m'ont demandé de les représenter dans cette commission, je vous rappelle que beaucoup de grands savants mettent en doute les travaux de Pasteur. Ici, à Paris comme en Belgique, en Italie, en Angleterre…

Mais la majorité balaya ses arguments. L'article 2 fut adopté. Louis Pasteur et, après lui, sa famille recevraient une pension de l'État.

11

Louis apprit cette bonne nouvelle par les journaux, car toute la famille était partie à Arbois pour l'été. À la mort de son père, le savant y avait hérité de la maison familiale et il adorait y revenir. Il ne s'était jamais vraiment détaché de la ville de son enfance. Pourtant, il n'y gardait pas que des bons souvenirs, il ne s'y était pas beaucoup amusé quand il était gamin, mais c'était chez lui, le seul endroit qu'il pouvait aménager à sa guise, où il pouvait casser une cloison, bêcher le jardin, embellir la cour, son *home, sweet home*, lui qui vivait de chambres d'hôtel en logements de fonction depuis trente-cinq ans. Sa pièce préférée était évidemment le bureau qu'il avait aménagé, et sa grande bibliothèque dans laquelle il accumulait avec méticulosité des centaines d'ouvrages et d'articles scientifiques.

Le séjour dans le Jura commença en beauté, avec l'inauguration le 14 juillet d'une plaque sur sa maison natale à Dôle. Ce fut le directeur des Beaux-Arts en personne, en présence du préfet, qui dévoila l'inscription gravée en lettres d'or :

« Ici est né Louis Pasteur le 27 décembre 1822. »

Marie tremblait de joie pour son époux. Quel chemin parcouru entre cette petite maison à deux étages et l'Académie française, le prix reçu à l'Exposition universelle, la direction des études scientifiques de l'École normale, la Légion d'honneur !

Louis chaussa ses lorgnons et tira deux feuillets de sa poche. Il avait préparé un très beau discours dans lequel il rendait hommage à son père, à sa mère, à ses sœurs, mais il était si ému qu'il éclata en sanglots avant la fin et dut s'asseoir, les jambes tremblantes. Les démonstrations d'amour le mettaient toujours dans tous ses états, et là, à deux pas de chez lui, c'était le pompon sur la galette.

Marie prit les choses en main.

— René, souffla-t-elle en se tournant vers son gendre.

Le jeune homme se précipita, prit les notes des mains de Louis et termina la lecture sous le regard admiratif de sa femme Marie-Louise.

Le savant eut tout juste le temps de se remettre : deux fillettes en robes blanches lui tendirent des bouquets plus gros que leurs nattes. À nouveau les larmes aux yeux, il les serra contre son cœur et les fit asseoir à côté de sa petite-fille. La fanfare couvrit les applaudissements.

Adrien, debout derrière, eut un hoquet de bonheur en entendant le préfet annoncer un grand banquet à 18 h 30.

Deux jours plus tard, Louis lisait ses notes dans son fauteuil en rotin sous le tilleul lorsque son gendre traîna une chaise à côté de lui. Le tintamarre des pieds métalliques raclant les graviers tira le savant de sa concentration. Sans se soucier du désagrément, René s'assit et attaqua.

— Beau-papa, puisque vous êtes en vacances, nous allons en profiter pour écrire votre biographie.

— Je préférerais en profiter pour me promener, murmura Louis.

Car les idées lui venaient lorsqu'il marchait, comme au philosophe Aristote.

— Vous aurez le temps de faire les deux, ne vous inquiétez pas. Je connais votre vie par cœur, vous aurez juste à me raconter vos travaux. Nous allons expliquer en détail au public votre démarche, en la plaçant dans son contexte politique et scientifique. Belle-maman m'a briefé.

Et comme Louis faisait la moue, il ajouta :

— Vous devez penser aux générations futures, beau-papa. Si nous n'écrivons pas l'histoire, vos ennemis le feront et elle sera nettement moins flatteuse.

— Ces aboyeurs ? Sapristi, non alors ! Écrivons, écrivons.

— J'ai un excellent titre : M. Pasteur, histoire d'un savant par un ignorant. Ça claque, non ? Clair, intriguant, efficace.

Sans attendre la réponse de son beau-père, René poursuivit :

— Le public doit savoir à quel point vous travaillez, comme vous êtes passionné, engagé, dévoué, pour aider l'humanité ! Les ouvriers et les agriculteurs, les riches et les pauvres ! Arracher les hommes comme les bêtes aux maladies et à la pauvreté, car la maladie engendre la pauvreté et la pauvreté engendre la maladie, c'est le serpent vicieux !

Son énergie fit osciller Louis.

— À ce point-là, René ?

— Évidemment ! Je vous propose de fixer des séances de travail chaque matin. Vous parlerez, je noterai et je mettrai tout ça en forme l'après-midi. Vous pourrez relire le texte le soir dans votre lit, ou belle-maman vous le lira. Le lendemain matin, je rectifierai ce qui ne vous convient pas et nous avancerons ainsi de suite. En un mois, ce sera dans la boîte.

— Bien, dit Louis. Nous nous installerons dans mon bureau.

René sauta sur ses pieds.

— Et nous commencerons dès demain.

— Bien, soupira Louis.

Il aimait bien son gendre mais il lui trouvait un enthousiasme un peu fatigant. René avait toujours des façons de faire fantaisistes. Par exemple, il avait traîné à demander Marie-Louise en mariage, alors qu'il lui avait par la suite écrit des lettres à faire fondre un pain de glace. Heureusement que Louis, avec son intelligence habituelle, avait secoué le cocotier et avait forcé son futur gendre à se déclarer.

Pourtant, le projet se déroula sans heurts. Louis dissertait avec ravissement de ses découvertes passées. Assis à une petite table à côté de son beau-père, René grattait consciencieusement, s'efforçant de ne manquer aucun détail et quêtant toujours plus d'anecdotes. « Les gens aiment ça, affirmait-il. Ils ont besoin de détails qui frappent leur imagination comme un ballon, bam ! » Il avait attaqué très fort en décrivant l'enfance de son beau-père, vingt belles pages pleines du bruit des charrettes, d'hivers rigoureux, de sourires maternels paisibles et de leçons studieusement apprises à la lueur des chandelles. Il s'était longuement étendu sur le parcours méritoire du père de Louis (un brave soldat couturé et décoré, ça plaisait toujours, au petit peuple comme aux politiques) et, surtout, l'enthousiasme que les premiers travaux du jeune chercheur avaient suscité. « Marteler que vous avez révolutionné la chimie à l'âge où d'autres fumaient leurs premiers cigares, c'est l'idée », expliqua-t-il à Louis. « Et répéter qu'ensuite, vous ne vous êtes jamais arrêté. Toujours plus haut, toujours plus fort. »

Le dernier soir, au cours du repas familial, le savant tint à féliciter son gendre.

— Nous avons avancé au pas militaire. Vous m'avez épaté, mon cher René. Je ne vous pensais pas capable d'une telle puissance de travail.

Il ne l'avoua pas mais il était excessivement fier que son histoire et son œuvre fussent écrites par un auteur dont deux ouvrages avaient déjà été couronnés par l'Académie française. René, qui était bonne pâte, ne se vexa pas de la dernière phrase. Il se contenta de lancer un sourire énamouré à son beau-père.

Tout en parlant, Louis trempait soigneusement ses cerises dans son verre puis essuyait les fruits un à un avec sa serviette.

— Mais qu'est-ce que tu fabriques, papa ? demanda Marie-Louise.

— J'enlève les impuretés.

Sa fille pouffa.

— Ces fruits descendent tout juste de l'arbre ! La voisine les a cueillis cet après-midi. À part du pipi de moineau…

— Ah, ah, si vous voyiez tous les microbes tapis sur ces fruits, vous rigoleriez moins. D'abord, la voisine les a touchés, et je suis sûr qu'elle ne s'est pas lavé les mains avant. Et vous ne pensez pas aux araignées, qui colportent toutes sortes de saletés avec leurs pattes…

Il se lança dans l'exposé du nombre effroyable de ces *infiniment petits* agglutinés sur la peau des cerises, leurs effets délétères potentiels sur le système digestif et l'ensemble des organes, les maladies atroces engendrées. Marie, René, Marie-Louise, leur petite Camille même, qui avait deux ans, et sa nourrice n'avaient plus envie de rire.

— Vous comprenez pourquoi je vous engage à laver vos fruits, n'est-ce pas ?

Terrifié par la démonstration, tout le monde hocha la tête. Et sous leur œil effaré, Louis, encore plongé dans son argumentation, saisit son verre et but l'eau sale d'un trait.

12

Marie-Louise revenait de la messe lorsqu'elle passa devant la vitrine d'une librairie. D'un œil distrait, elle examina les livres exposés derrière la vitre. Son cœur s'emballa brusquement. Au centre de l'étagère de bois, était posé un ouvrage intitulé *M. Pasteur, histoire d'un savant par un ignorant.* La jeune femme s'approcha. Le livre était bien là. Le titre était entouré d'un filet délicat et ressortait sur le papier pâle. Les joues roses d'émotion, Marie-Louise murmura :

— Histoire d'un savant par un ignorant… quel beau titre !

Et comme promis, son amour de mari, si modeste, si fin, n'avait pas mis son nom. Il tenait à ce que les yeux des lecteurs ne voient que celui de Pasteur.

Elle s'arracha à regret à sa contemplation et chercha la petite pancarte indiquant l'heure d'ouverture de la boutique. Neuf heures et demie. Il était un peu plus de huit heures quarante-cinq. Marie-Louise hésita : devait-elle attendre ou rentrer annoncer la nouvelle à sa mère ? Elle jeta un regard autour d'elle. Les passants allaient et venaient, inconscient du chef-d'œuvre à leur portée. Elle devait partager sa joie, immédiatement. Rassemblant ses jupes, elle courut jusqu'à l'appartement de ses parents. Son père était déjà parti au laboratoire. Assise dans le salon, sa mère brodait des mouchoirs.

— Maman ! Le livre de René est en vente ! Je viens de le voir dans une librairie !

Marie bondit de son fauteuil, et lâcha sa bobine qui roula dans la cheminée.

— Merveilleux, ma chérie ! Tu m'en ramènes un ?

— Dix, vingt, et je vais en offrir à toutes mes amies ! Tu sais ce qui me rend le plus triste ? Personne ne saura que c'est mon René qui l'a écrit.

— Ne t'inquiète pas, il en écrira d'autres. Il a tellement de talent.

— C'est vrai, dit Marie-Louise.

Chaque matin en se levant et chaque soir en se couchant, elle s'étonnait de sa chance. Son mari était beau, riche, intelligent, et il adorait les parents de sa femme, qui le lui rendaient bien. Quand ils s'étaient fiancés, son père avait même envoyé son propre portrait à René. Si ce n'était pas une vraie marque d'affection…

— Ça sent bizarre, non ? dit Marie-Louise en fronçant le nez.

Sa mère huma l'air à son tour.

— Oui, une odeur de brûlé… saperlipopette, ma bobine !

Le fil à broder roussissait au pied des bûches. Marie-Louise éclata de rire.

— René t'offrira un sac de bobines avec ses droits d'auteur.

La biographie non officielle fit le tour de Paris. On se l'arracha dans les salons, dans les brasseries, dans le hall de l'Assemblée nationale où l'on chuchotait : « Vous avez lu le livre sur Louis Pasteur ? Quel homme ! Quelle œuvre ! » Dans les couloirs de l'Académie française, les hommes en vert s'accordèrent à juger l'ouvrage « instructif » et « bien tourné ». Ferdinand de Lesseps, le célèbre ingénieur, l'estima passionnant, Alexandre Dumas répéta à qui voulait l'entendre qu'il regrettait de ne pas l'avoir écrit.

— Tu es le meilleur et le plus intelligent mari du monde, dit Marie-Louise à René. C'est un succès fou. Tu es presque aussi génial que papa.

— Et toi, tu es la plus jolie et la plus adorable des femmes, répondit René, rouge de fierté. Je t'emmène en week-end à Dinard pour fêter ça.

Au 45, rue d'Ulm, on rangea l'ouvrage avec dévotion dans la bibliothèque familiale, entre les œuvres de Victor Hugo et celles de Littré que Louis avait achetées pour préparer son discours d'intronisation à l'Académie française.

Chaque matin, installée à son bureau, ciseaux, chemise cartonnée et crayon à portée de main, Marie compilait scrupuleusement les articles évoquant l'ouvrage. Elle s'était abonnée à un service très pratique proposé par *L'Argus de la presse* et *Le Courrier de la presse*, deux agences qui passaient en revue l'ensemble des quotidiens et des hebdomadaires puis lui envoyaient les papiers évoquant Louis, ses travaux et son image. C'était René qui lui avait parlé de cette innovation et elle se félicitait tous les jours d'avoir suivi son conseil. Elle gagnait un temps fou et faisait des économies incroyables. Elle n'était plus obligée de lire une dizaine de journaux par jour. Ni d'acheter des feuilles de chou dont les trois quarts servaient à allumer la cuisinière.

13

Persuadé qu'il tenait enfin une piste sérieuse sur la rage, Louis continuait à aligner les expériences. Il veillait personnellement à ce que les animaux soient anesthésiés et traités le mieux possible jusqu'à leur mort, d'abord parce que la vue du sang et des convulsions le rendait malade, ensuite parce qu'une maladie compromettrait tous ses essais. On n'allait pas s'amuser à tenter des doublettes, une rage achetée, une gale offerte, avait-il expliqué à ses collaborateurs. Pire : si les cobayes mouraient d'un pneumocoque ou d'une infection quelconque, les expériences devraient être reprises à zéro et on avançait déjà trop lentement à son goût.

Louis avait rodé son système en étudiant le choléra des poules et le charbon des moutons.

— Le virus, expliquait-il à Adrien, est constitué par un parasite microscopique qu'on multiplie aisément par la culture, hors du corps des animaux.

C'était simple mais c'était long. L'équipe introduisait des variantes pour observer ce qui fonctionnait le mieux et permettait d'obtenir le plus bel extrait de rage, un virus parfaitement homogène et stable, mais chaque étape demandait un certain délai d'incubation et Louis s'impatientait. Parfois, le soir, il trépignait et tournait comme une toupie dans son bureau en songeant qu'il n'aurait les résultats de sa nouvelle expérience que dix jours plus tard. Il admirait la zénitude d'Émile qui travaillait comme s'il avait dix siècles devant lui. Quant à Charles, le temps lui glissait dessus : il profitait du délai entre chaque expérience pour perfectionner de nouvelles inventions et prendre du bon temps.

— Ce week-end, dit-il à Adrien, j'irai bien à la pêche. Des amis m'ont parlé d'un petit coin très sympa.

— Je ne sais pas comment tu fais pour rester immobile à regarder les poissons.

— Ça me détend. Et c'est quand on ne fait rien que le cerveau réfléchit le mieux. C'est en attendant le goujon que j'ai imaginé mon ballon-pipette. Avoue que ce truc nous facilite la vie.

— C'est vrai.

Son panier en fil de fer à la main, Adrien faisait le métronome entre le laboratoire de la rue d'Ulm et celui de la rue Vauquelin pour préparer les ballons ou ramener des bouillons de culture. Les petits morceaux de moelle de lapin étaient délicatement attachés dans des tubes en verre à double embouchures, où ils séchaient jusqu'à être à point avant d'être dilués dans une solution stérile puis inoculés.

— Attention à bien aérer entre chaque opération, répétait Louis. Deux heures minimum. Il ne faut pas que les virus empoisonnent l'atmosphère.

— Pas de soucis, patron, assurait Charles qui écoutait les consignes d'une oreille.

Peu à peu, Louis obtint ainsi tout un échantillonnage de virus de la rage de différentes virulences, soigneusement classés par ordre chronologique, qu'il élevait comme d'autres élèvent des mainates ou des chatons.

— Tu vois, Adrien, disait-il à son neveu, observer puis expérimenter, c'est le seul moyen de vérifier une hypothèse. Sans preuve, on reste à l'état de spéculation. Et la spéculation, c'est ? C'est ?...

— Euh...

— Du vent, beugla Charles qui débitait un râble de lapin enragé pour le mettre à sécher.

— Pas trop gros, les morceaux, Charles.

— Oui, patron. Deux centimètres max.

— Bien.

Profitant d'une absence de son oncle, Adrien se glissa vers Charles :

— Il faut mesurer chaque morceau avec une règle ?

Charles éclata de rire.

— Suis pas cinglé ! J'utilise l'épaisseur de mon petit doigt. Il fait pile la bonne taille.

— Ce n'est pas très scientifique.

— Bien sûr que si : mon doigt mesure deux centimètres d'épaisseur tout juste, il ne va ni grossir ni maigrir dans l'après-midi, n'est-ce pas ? Et je gagne du temps. Le temps, Adrien…

— C'est précieux.

Charles lui lança un clin d'œil.

— Tout à fait. C'est la devise du patron. J'applique ses préceptes.

— Ça, c'est le pompon, dit Émile.

L'équipe était rassemblée pour le *brainstorming* matinal et le rouquin lisait à haute voix une lettre arrivée au courrier du jour. Un militant particulièrement remonté exigeait que toutes les interventions sur les animaux soient faites en présence et sous le contrôle d'un observateur indépendant – des médecins, pas des antivivisectionnistes. Une sorte de bureau de contrôle.

— Il a vu la Vierge, pouffa Charles en grattant le fourneau de sa pipe.

— Et pourquoi pas ? dit Adrien. En assistant aux expériences, ils verraient qu'on ne maltraite pas les animaux.

Émile le fixa de ses petits yeux acérés.

— Non mais regardez-moi ce poulet de l'année ! Parce que tu crois que ces gens vont croire ce qu'ils vont voir ?

— Mais…

— Évidemment que non ! Ils ont la cervelle farcie de préjugés.

— Jamais de la vie, cria Louis. La Commission de la rage créée par le gouvernement contrôle déjà nos installations et nos résultats, je n'ai de compte à rendre à personne d'autre. C'est un laboratoire, pas un café ! Si des béotiens viennent ici, ils vont tout tripoter, me coller des microbes partout et s'infecter avec les virus. Et ensuite, ils nous accuseront de les avoir empoisonnés.

— C'est pas faux, dit Charles.

— C'est très juste, dit Émile.

— En effet, dit Adrien qui n'avait pas vu les choses sous cet angle.

Il repensa aux médecins qui avaient demandé à son oncle la permission d'utiliser son laboratoire et que ce dernier avait refusés impitoyablement en découvrant qu'ils ne flambaient même pas leurs instruments. On avait taxé Pasteur d'égoïsme, mais il protégeait ces inconscients d'eux-mêmes. Émile, Charles, Eugène et Adrien étaient sans doute les seules personnes clairvoyantes sur les risques encourus en manipulant des virus mortels.

— Les gens sont méchants, tout de même, murmura-t-il à Charles.

Celui-ci le regarda avec pitié.

— C'est maintenant que tu t'en rends compte, petit ?

14

Marie Huot n'était pas la seule à être incommodée par les expériences de Louis. Les voisins de la rue Vauquelin ne supportaient plus les cris des animaux ni l'odeur montant des cages installées dans la cour. D'abord, les femmes en parlèrent entre elles en revenant de leur promenade au jardin avec les enfants, puis les hommes en discutèrent ensemble le soir. La grogne montait. L'inquiétude aussi. Qui sait ce que les crottes de ces animaux malades risquaient d'apporter ? Pasteur se disait le champion de l'hygiène mais toute cette ménagerie était loin de l'être. Finalement, les habitants se réunirent et rédigèrent une pétition qui resta sans réponse. Au troisième courrier sans accusé de réception, l'un des riverains, Hubert Devrain, proposa de la porter en main propre au ministère de la Santé publique, se faisant fort d'obtenir une entrevue. La communauté applaudit cette généreuse idée et lui confia la précieuse doléance paraphée.

Un rond de cuir reçut Devrain entre deux portes. Il espérait expédier le brave homme en deux phrases molles avant de glisser la pétition sous une montagne de courrier où elle sédimenterait gentiment sous la poussière. Il prit le message collectif, l'assura que le chef de cabinet en prendrait connaissance mais que le ministère tenait particulièrement à ces expériences, d'intérêt public.

Hubert Devrain, qui était un ancien fonctionnaire du quai d'Orsay, avait l'habitude de ces entourloupes. Les deux pieds bien calés sur le tapis de l'antichambre, il insista.

— Je ne vous parle pas d'une dizaine de cochons d'Inde. C'est une véritable ménagerie ! Puisque vous invoquez l'intérêt général, que penser des risques sanitaires que cette folie nous fait courir à tous ? Des animaux enragés circulent tous les jours en plein Paris. Imaginez que l'un des fourgons les transportant ait un accident et que les bêtes infestées s'échappent… Le ministre doit agir.

— Allons, monsieur, ce n'est pas un zoo. C'est un petit laboratoire de rien du tout.

— Vous plaisantez ? On a subi des cochons et des moutons, on a des poules, des chiens, des chevaux, et même des singes !

— Vraiment ? dit le sous-chef de cabinet qui pensait à son déjeuner.

Devrain hocha la tête.

— Les lapins, passent encore, mais certains soirs, les aboiements des chiens cassent les oreilles à tout le voisinage. Le pire, ce sont les cris des singes. Les chimpanzés hurlent comme des bêtes folles en pleine nuit, sans que l'on sache pourquoi et les enfants font des cauchemars.

Perdu dans ses rêves de suprême de volaille aux cèpes, le sous-chef de cabinet écoutait d'une oreille distraite. La moutarde monta au nez de Devrain.

— Ouhaou, ouhaou, cria-t-il.

Tout en poursuivant ses hurlements gutturaux, il se mit à sautiller en tournant sur lui-même et en se cognant aux boiseries. Le rond de cuir recula, effaré. Hubert interrompit sa danse de Saint-Guy aussi brutalement qu'il l'avait commencée et lança d'un ton sarcastique :

— Un spectacle agréable, n'est-ce pas ? Eh bien, nous en bénéficions toutes les nuits.

Il ramassa son chapeau et quitta le ministère content de son effet.

Le sous-chef de cabinet, sur lequel la démonstration de Devrain avait fait forte impression, sauta son déjeuner pour écrire une note au chef de cabinet, qui la rapporta au ministre. Ce dernier décida de solder le dossier avant qu'une meute de riverains enragés viennent grogner sous ses fenêtres ; il intima au chef de cabinet de trouver une solution. Celui-ci se gratta la moustache et, à son tour, transmit l'encombrant dossier à des experts : la Commission de la rage. Cette instance spéciale avait été constituée par le ministère de l'Instruction publique pour suivre les travaux de Pasteur et les valider. Elle comptait une dizaine de médecins et vétérinaires.

Après réflexion, ces messieurs proposèrent d'installer un chenil à Meudon. On y regrouperait une centaine de chiens inoculés. Hélas, le maire mit son veto. *No pasaran* les rageux. Il tempêta tant et si bien que la Commission se replia et chercha une autre piste d'atterrissage. Quelqu'un eut l'idée de génie de récupérer le domaine de Villeneuve-L'Étang, à deux pas de Garches, un château ayant appartenu à Napoléon III. Il était tombé dans l'escarcelle de l'État depuis plus de dix ans, et depuis plus de dix ans, personne ne savait quoi en faire et tout le monde l'avait oublié. On s'était contenté de démolir deux ou trois ailes du bâtiment qui menaçaient de s'effondrer sur les promeneurs hantant le parc le dimanche.

Cette fois, ce furent les riverains du domaine de Villeneuve-l'Étang qui pétitionnèrent comme des furieux. Il était difficile de leur en tenir rigueur, peu de gens ont envie de vivre à deux cents mètres d'une tribu de chiens enragés. Louis pesta, argumenta, écrivit à tout le monde. Finalement, tant pis pour le petit peuple : qu'elle soit fatiguée de subir ces rogneux ou du harcèlement de Louis, la Commission refusa de poursuivre son tour des propriétés à travers l'Île-de-France et attribua le domaine de Villeneuve-l'Étang à l'équipe de recherche contre la rage. On y installerait un laboratoire, un chenil pour les chiens et un logement de fonction pour la famille Pasteur.

Fou de joie, Louis emmena sa femme visiter son nouveau domaine.

Sur le papier, le titre de château impérial vendait du rêve mais la réalité calmait les plus enthousiastes. Il pleuvait à verse. La grande allée était noyée sous la boue et les arbres pleuraient au-dessus des parterres échevelés.

— Ça ressemble plus à la résidence de la famille Dracula qu'à un lieu de villégiature, dit Marie en jaugeant le jardin en friche et les grilles rouillées.

Adieu belle Eugénie, boiseries dorées, rivières de diamants et banquets aux chandelles, les murs s'étaient fissurés, les ardoises s'étaient envolées, les balcons s'écroulaient. Le bâtiment était devenu le palais des courants d'air et des araignées et une partie avait été abattue. Mais Louis ne chipotait pas : outre le sous-sol de son laboratoire rue d'Ulm et les bâtiments de l'ancien collège Rollin, ses animaux étaient disséminés aux quatre coins de Paris. Certains étaient logés chez le directeur du chenil de Montmartre ou rue Fontaine-au-Roi, d'autres à Maisons-Alfort, dans l'école vétérinaire. L'organisation était malcommode pour lui aussi.

— Mais non, dit-il, ce sera très bien une fois retapé. Le ministère nous donne cent mille francs pour les aménagements.

Rien ne pouvait doucher l'enthousiasme de Louis, qui voyait enfin les choses avancer. Écartant les herbes folles, il entra dans l'écurie.

— Regarde comme ce sera beau, Marie ! Imagine le sol bitumé et des cages alignées bien gentiment à droite et à gauche le long des murs. Là, et là… Fini le bricolage !

Sa femme retint un cri. Elle avait failli marcher sur la queue d'un rat endormi sur un tas de paille pourrie. La bête s'enfuit en couinant.

— Oui, tu seras bien installé. Tu pourras même récupérer des rongeurs pour tes expériences.

1885

15

Sûr de lui et fort du soutien de la Commission de la rage qui validait ses essais, Louis profita du banquet mensuel de l'association amicale des anciens élèves de l'École centrale, qu'il présidait, pour annoncer la fiabilité de son procédé d'atténuation du virus de la rage. Et il se faisait fort d'injecter ce nouveau vaccin à l'homme. La nouvelle causa un émoi certain. Sous leurs mines austères, les scientifiques n'étaient pas les derniers à potiner et à organiser des fuites, y compris sur les sujets sensibles. L'info remonta en deux jours dans les colonnes du *Figaro*.

Louis se sentit pris de court. René, toujours avisé, lui conseilla de tuer dans l'œuf les rafales de questions qui surgiraient en exposant immédiatement son étude à l'Académie; en parallèle, il fallait calmer les inquiétudes du public en donnant une grande interview.

— Les journalistes sont toujours contents d'avoir une exclu, affirma-t-il à son beau-père.

— D'accord. Dans quel support dois-je communiquer?

Une vingtaine de gazettes se bousculaient en kiosque tous les jours et on en trouvait pour tous les goûts: des journaux ultra-conservateurs comme *La Croix*, satiriques comme *La Lanterne* ou *Gil Blas*, politiques comme *Le Petit Parisien* – qui méritait mal son adjectif, puisqu'il était tiré à plus de quatre cent mille exemplaires – ou visant exclusivement les femmes, comme *Le Moniteur de la mode*. René n'hésita pas. Il fallait parler au plus grand nombre.

— Contactez *Le Figaro*; il est diffusé à plus de cent mille exemplaires tout en étant respectable et tous les autres journaux reprendront l'information.

Le quotidien publia une longue interview le 19 mai. Louis y détaillait sa méthode:

«J'ai d'abord pris du virus dans le cerveau d'un chien mort de la rage; je l'ai inoculé à un premier singe; celui-ci est mort: j'ai inoculé son virus, déjà atténué, à un second singe, et le virus du second à un troisième; après ce que j'appellerai ce troisième passage, j'ai obtenu un virus d'une innocuité presque complète ; ce dernier virus, je l'ai inoculé à un lapin ; il a repris un peu de force, à un second, chez lequel il a encore augmenté, à un troisième, à un quatrième, jusqu'à ce qu'il arrive à sa force maximale. Par ce moyen, j'ai obtenu des virus à des degrés très différents de nocuité – absolument comme, en les élevant dans des milieux chimiques, j'avais obtenu des microbes du charbon plus ou moins nuisibles. Seulement ici, j'ai élevé le virus de la rage – et son microbe encore inconnu, mais dont l'existence me paraît certaine – dans des milieux animaux, présentant chacun une aptitude différente à contracter et à supporter la maladie.

Cela compris, voilà comment je guéris la rage, ou plutôt comment je préserve de la rage ; je rends l'animal – ou l'homme – réfractaire. Je fais à un chien, par exemple, trois inoculations du virus de mes lapins en partant du degré le plus faible, en passant par un degré intermédiaire, en arrivant enfin, après quelques jours, au degré maximum. Si ensuite j'inocule la rage d'un chien quelconque à celui que je viens de traiter ainsi, il ne sera pas malade : il est réfractaire. »

Le journaliste concluait : « À partir d'aujourd'hui, toute personne mordue par un chien n'aura qu'à se présenter au laboratoire de l'École normale et à accepter le traitement de M. Pasteur, elle deviendra réfractaire à la rage, par conséquent indemne[1]… »

Louis, très content, découpa lui-même l'article.

— C'est bien tourné, non ?

— Parfait, confirma son gendre. Clair et concis comme une petite annonce. Vous pourrez faire une piqûre de rappel dans quelques mois, en publiant de nouvelles études.

L'affaire était beaucoup moins simple que Louis ne le laissait croire : il lui avait fallu zigouiller des charrettes de chiens, de lapins, de singes et même de poules avant d'en arriver là. Mais il assurait que sa méthode fonctionnait aussi a posteriori, c'est-à-dire sur un chien touché par la rage. C'était une révolution.

En une semaine, ses éléments de langage furent relayés par tous les quotidiens.

Le professeur Peter faisait sa promenade matinale avec sa femme. Céline portait un nouveau chapeau dont elle était particulièrement fière, une belle capote en paille ornée d'un flot de fleurs en soie roses, orangées et attaché par un ruban en gros grain assorti à la ganse de sa jupe, et Michel souriait en voyant le sourire

1. *Le Figaro*, 19 mai 1885.

de son épouse. Ils descendaient vers les quais lorsqu'ils croisèrent un gamin, une pile de journaux sous le bras.

— Dernières nouvelles ! braillait le garçon. Demandez le journal ! Fantastique découverte de M. Pasteur contre la rage !

Michel Peter sursauta comme s'il avait été piqué par une tarentule.

— Donne-m'en un, petit.

Il secoua ses poches, ne trouva pas de monnaie. Il se tourna vers sa femme.

— Tu as quinze centimes ?

Résignée, Céline fouilla dans son réticule et lui tendit trois pièces. Elle avait compris que la promenade était terminée et qu'elle pouvait ranger son chapeau pour la journée.

Michel arracha quasiment *Le Figaro* des mains du crieur et déplia le journal. Il se figea au milieu du trottoir.

— Et allez, ça continue ! Non mais regarde-moi ça !

— Pas ici, chéri, murmura Céline.

Renoncer à admirer les bateaux était déjà assez désagréable ; elle n'allait pas, en plus, lire le journal au milieu de la rue, debout comme un accident. Mais Michel était au-delà de ces considérations. Il était reparti à pas hachés, le nez collé au papier.

— Tu as lu ses blagues ?

— Chéri…

— Il explique gentiment comment il rend enragé toute sa ménagerie. Et tu sais quoi ? Ce n'est même pas lui qui a trouvé cette méthode d'atténuation, il a piqué la technique de Toussaint. Il nous refait le coup de la pasteurisation. Quand il a sorti de son chapeau le chauffage des aliments pour les conserver, il a eu le toupet de dire qu'il n'avait jamais entendu parler d'Appert. Appert, l'inventeur de la conserve ! Comment peut-il espérer nous faire gober pareille fadaise, je me demande.

— La science n'est pas spontanée, Michel, tous les chercheurs utilisent les avancées des autres…

— D'habitude, ils citent leurs précurseurs. Louis n'a jamais eu cette correction ! Pire, il affirme qu'ils se sont trompés ou que leurs travaux sont caducs. Mais sérieusement ?

Il referma le journal et fixa sa femme.

— Tu sais ce qui me désole le plus ? Que notre pauvre petit cousin Adrien soit enchaîné sous la coupe de cet homme. Un garçon si gentil, si fin ! Louis va le rendre fou. Et ta sœur qui ne veut pas l'entendre ! Si c'était mon fils, je le sortirais de là tout de suite…

— Rentrons, dit Céline d'une toute petite voix.

Elle savait que sa sœur, au contraire, aurait préféré qu'Adrien ne voie que Pasteur. L'opposition professionnelle entre son mari et Louis avait réduit les réunions familiales à peau de chagrin.

16

Un événement inattendu, bien que prévisible, balaya les annonces fantastiques de Louis : Victor Hugo mourut. Il avait quatre-vingt-trois ans et Paris resta tétanisé une semaine entière. *Le Figaro littéraire* lui consacra une page complète – un bel exercice, quand on connaît la taille des caractères d'imprimerie de l'époque. Comme un seul homme, le parlement décida de panthéoniser le poète. Par la même occasion, on vota une loi qui transformait définitivement l'église Sainte-Geneviève en cimetière VIP. Les Parisiens furent invités à aller saluer le grand homme sur son lit de mort. On drapa les réverbères de voiles noirs et les ambassadeurs, les députés, les académiciens de tout poil, les sénateurs, les grands magasins, les papetiers, les écoles, les régiments, les conseils municipaux, les imprimeurs, les bouchers des Halles, les matelassiers, les modistes, les boulangers, les brasseurs d'Alsace, les ébénistes du faubourg Saint-Antoine, les vignerons de Bourgogne, les éleveurs d'escargots, les meuniers de la Beauce, les corps constitués et les corporations, les gouvernements et les têtes couronnées se lancèrent dans un concours de couronnes funéraires. Ce fut à qui offrirait la plus grande, la plus grosse ou la plus originale, pour le plus grand bonheur des fleuristes.

Claire courut chez son amie Marie Pasteur.

— Le gouvernement organise des funérailles nationales. Je me demande si ce sera aussi impressionnant que le retour des cendres de Napoléon Ier. Tu crois qu'il y aura de la musique ?

— Selon Louis, Hugo avait demandé à être enterré auprès de sa femme.

Claire éclata de rire.

— Laquelle ?

Marie pouffa.

— La cuisinière a fait des gâteaux. Assieds-toi, je vais chercher du thé et on va se faire une dînette.

Dix minutes plus tard, elles étaient installées toutes les deux autour d'un plateau et se repassaient les hauts et les bas de la vie de l'auteur des *Misérables*.

— Je n'en aurais pas voulu comme époux, dit Marie.

— C'est sûr que ton Louis est plus attentionné. Il n'a jamais couru les donzelles comme ce vieux cochon.

Marie sourit :

— J'ai tiré le bon numéro, Louis n'était pas sexy mais il est le meilleur des maris et des pères.

— Tandis que Victor Hugo, c'est le contraire, pouffa Claire.

— On va draper l'Arc de Triomphe de crêpe noir et on va y installer un catafalque gigantesque. Il paraît que le cortège passera sous les fenêtres de Marie-Louise. Tu veux en profiter ?

— Oh oui, avec plaisir !

— Parfait. Je préparerai un buffet froid.

— J'amènerai un rôti de porc en gelée et des babas au rhum, dit Claire, ma cuisinière est une championne de ces trucs-là.

Trois jours plus tard, serrées sur le balcon de l'appartement de Marie-Louise, Claire, Marie et la petite Camille comptaient les coups de canon venus des Invalides. Chaque salve faisait vibrer les vitres et la poitrine de Marie-Louise qui s'était réfugiée dans le salon ; blottie contre son mari, elle se bouchait les oreilles et tressaillait à chaque décharge.

— Dix-huit, dix-neuf et vingt ! dit Claire. Vingt coups de canon.

— Vingt-et-un, rectifia Camille en pointant un index dodu vers le ciel bleu. Vous n'avez pas compté le premier.

Sa grand-mère capitula sans argumenter.

— D'accord, vingt-et-un, ma chérie. Et maintenant, si on mangeait de la brioche en attendant le corbillard ?

— Avec de la confiture ?

— Avec de la confiture.

Le cortège ne passerait pas boulevard Saint-Germain avant un certain temps.

René profita de la place libérée pour se glisser sur le balcon et allumer une cigarette. Il balaya du regard les balcons des immeubles en face, débordant, comme le leur, de femmes en robes longues et d'hommes en costume. En bas, des deux côtés du boulevard, les curieux s'amoncelaient sur les trottoirs. Tout le monde guettait la voiture mortuaire.

— Ce diable de Hugo a réussi sa sortie, dit-il. Tout Paris l'attend.

— Il a demandé un corbillard de pauvre, dit Louis, et on l'emmène au Panthéon entouré de couronnes valant cinq mille francs pièce. Quelle blague !

Marie, qui étalait de la confiture d'abricot sur la tartine de sa petite-fille, lança par-dessus son épaule :

— Pas du tout. « Le général est obligé d'être égoïste. L'armée, c'est lui ; et, la personnalité, condamnable chez le reste des hommes, lui est imposée. M. Hugo était devenu un symbole, un principe, une affirmation, l'affirmation de l'idéalisme et de l'art libre. Il se devait à sa propre religion ; il était comme un dieu qui serait en même temps son prêtre à lui-même. »

— C'est de toi ? demanda Louis.

— Non, de M. Renan. Mais je trouve qu'il aurait pu l'écrire pour toi.

— Grand-père va devenir prêtre ? demanda Camille.

Claire pouffa.

— Chut, ma chérie, mange ta tartine.

Le cortège arrivait enfin. Tout le monde se rua sur le balcon. Le cercueil était posé dans un fiacre tout simple tiré par deux chevaux, sans plumes ni tentures, mais il était suivi d'une nuée de chars couverts de couronnes, dont certaines dépassaient les deux mètres de diamètre. Celle d'un grand magasin, haute comme une roue de charrette, toute en violettes et piquée de petits oiseaux, fut particulièrement remarquée.

— Incroyable ! souffla Claire. Vous avez vu celle tout en tulipes, avec des branches de palmiers ?

— Et celle-là, en roses noires ! s'écria Marie-Louise.

— Il y en a même une en pommes, admira Camille.

René suivait du regard les centaines de représentants officiels qui escortaient l'écrivain vers son tombeau.

— Tout de même, dit-il en se tournant vers son beau-père, vous offrir le Panthéon, ce serait justifié. Il y a des centaines de romanciers de génie, il n'y a qu'un seul chercheur comme vous.

Louis éclata de rire.

— Non merci, je préfère qu'on me célèbre vivant plutôt que mort. C'est plus utile à mes projets.

— Un jour, sourit Marie, tu seras plus célèbre que Victor Hugo, crois-moi.

— Si les choses avancent, soupira Louis.

Il avait travaillé sur les lapins et les chiens dans tous leurs états et il ne voyait pas comment passer au stade suivant. D'un côté, il rêvait de faire le grand saut, de l'autre, il hésitait : si l'expérience échouait, les antivax et ce satané Peter qui rejetait en bloc son travail le réduiraient en chair à pâté. Il serait bon pour démissionner, changer de nom et se cacher au fin fond du Tonkin ou de la Turquie. Et encore… même là-bas, on le connaissait.

Il lui vint alors une idée qu'il jugea parfaite : pratiquer des essais sur des condamnés à mort. Pour le coup, les gars n'avaient plus rien à perdre. Entre la rage et la corde… Si le traitement fonctionnait, ils auraient la vie sauve. Du *win-win.* Pasteur prit sa plume et écrivit à Pedro de Alcântara João Carlos Leopoldo Salvador Bibiano Francisco Xavier de Paula Leocádio Miguel Gabriel Rafael Gonzaga, plus simplement appelé Pedro II, empereur du Brésil, qui manifestait depuis longtemps un enthousiasme touchant envers ses travaux. Mais sur ce coup-là, au grand dépit du chercheur, Pedro renâcla. C'était ses prisonniers et il entendait qu'ils meurent comme prévu. Louis fut très déçu.

— Ce n'aurait pourtant pas été une première, expliqua-t-il à Marie. Sous Georges Ier, les Anglais ont testé le vaccin de la variole sur huit condamnés au gibet avant de l'inoculer à la famille royale.

— Et tout le monde a survécu ?

— Bien évidemment.

Marie eut un sourire perfide.

— Ceci dit, ce sont des Anglais. Ils sont à moitié sauvages.

— Le brave roi Louis XVI lui-même a suggéré d'embarquer des prisonniers pour les premiers vols en ballon.

— Et si tu demandais au tsar ? Lui aussi admire tes travaux, il sera ravi de t'aider.

— C'est un humaniste, dit Pasteur en secouant la tête. Il n'est pas fan de la peine de mort ; il préfère envoyer les gens au goulag.

Sans matériel humain, les essais tournaient définitivement en rond.

L'arrivée de Joseph Meister dans son labo le 6 juillet 1885 fut un don du Ciel.

17

Le gamin était arrivé d'Alsace deux jours plus tôt. Il avait neuf ans, des joues rondes et des yeux bleus. Un chien enragé l'avait attaqué sur le chemin de l'école. Le médecin du village avait fait ce qu'il pouvait, c'est-à-dire qu'il avait brûlé consciencieusement les plaies du petit, mais elles lui si semblaient si importantes qu'il avait conseillé à la mère du garçon d'aller consulter Pasteur : le chercheur assurait avoir trouvé un traitement révolutionnaire. Elle avait pris son plus beau chapeau et sauté dans un train pour la capitale.

Mme Meister connaissait bien Paris, elle y avait travaillé et son oncle y vivait toujours. Elle était entrée dans toutes les pharmacies du quartier pour demander où exerçait le fameux M. Pasteur. On l'avait envoyée à Cochin, et de l'hôpital, au laboratoire du chercheur, rue d'Ulm.

Passer du singe au petit garçon présentait un risque. Mais Marie-Angélique Meister s'accrochait à la manche de Louis.

— Je vous en supplie, faites quelque chose. Vous voyez dans quel état est mon fils ? Ce chien l'a mordu partout ! Aux cuisses, aux mains ! Il va être contaminé !

Louis hésita. C'est vrai que le petit était bien amoché. En l'examinant, il avait compté au moins quatorze morsures.

— Il va mourir, sanglotait Mme Meister. Mourir de soif et de convulsions ! Si vous ne le soignez pas, il mourra !

Louis était un chercheur, mais aussi un bon père de famille. Il se leva.

— Venez avec moi.

Il guida les voyageurs jusqu'à l'appartement où Marie surveillait la préparation du repas.

— Mets deux couverts dans la cuisine, je te confie Mme Meister et son fils à déjeuner, le temps de consulter Vulpian. Joseph a été mordu et aurait besoin d'un traitement antirabique.

Marie ne posa pas de questions ; elle envoya la bonne acheter deux côtelettes supplémentaires et ajouta quatre pommes de terre à la purée prévue.

Le docteur Vulpian était un ponte ; il faisait partie de la Commission de la rage et il était membre de l'Académie nationale de médecine. Il écouta le détail des blessures de Joseph, les inquiétudes de Pasteur, et trancha :

— Trop de morsures pour que l'enfant échappe à la maladie. Il faut l'inoculer. Vous avez testé le traitement avec succès sur les chiens et les lapins, il n'y a aucune raison que ça rate sur un enfant.

— En théorie, oui, dit Émile, mais un enfant n'est pas un lapin.

Louis se jeta à l'eau.

— Bon, on tente le coup. Roux, préparez une seringue. Prenez la moelle de quatorze jours, la moins virulente.

— Comptez pas sur moi, bougonna Émile en croisant les bras. On n'est pas prêt, je ne prends pas ce risque sur un gosse. Et je tiens à garder mon diplôme.

Il avait encore en tête l'expérience de Pouilly-le-Fort. Ce jour-là, il avait sauvé les fesses du patron – sans parler d'un paquet de moutons.

C'était quatre ans plus tôt. Louis était excité comme une puce. Il avait trouvé un vaccin contre le charbon. Enfin. Après des années d'observations et de tentatives sur les poules, les lapins et les moutons. Son premier vaccin, et une avancée de nécessité publique, puisque le charbon décimait les élevages. Dans la Beauce, par exemple, vingt pour cent des moutons en mouraient. La maladie du charbon était presque aussi dégoûtante que celle de la rage : la rate de l'animal devenait énorme, son sang noir et visqueux, il flageolait sur ses pattes, n'arrivait plus à respirer et pouf, en deux jours, c'était fini. Le charbon contaminait aussi les vaches et les chevaux, et les bouchers ou les éleveurs s'ils se coupaient en travaillant les carcasses.

Fou de bonheur, Louis avait fait une série de conférences à l'Académie des sciences. La grande nouvelle avait vite fait le tour de France. Un homme restait incrédule : Hippolyte Rossignol, le secrétaire général de la Société de médecine vétérinaire pratique. Il avait proposé à Louis de faire une démonstration de sa méthode. Si ce vaccin fonctionnait, les sociétés d'agriculture érigeraient une statue au chercheur. Malade d'impatience à l'idée de présenter sa grande avancée, Louis avait accepté de réaliser un test en direct sur cinquante moutons. Hippolyte avait battu le rappel, des dizaines de journalistes, des vétérinaires, des médecins et même un correspondant du *Times* s'étaient rués à Melun. Un fermier avait mis sa ferme à disposition, une belle preuve d'abnégation quand on connaissait la virulence du charbon ; cette cochonnerie se diffusait comme l'eau ou comme la lave, elle apparaissait dans un troupeau et sautait à un autre sans que les bêtes ne se croisent. Un mystère pour les vétérinaires et un cauchemar pour les éleveurs, jusqu'à ce que Louis démontre que le virus était transporté… par les vers de terre.

On amena soixante moutons et dix vaches destinés à jouer les cobayes.

— Comment allez-vous procéder ? avait demandé Hippolyte Rossignol.

— C'est très facile, avait expliqué Louis. On va mettre une moitié des bêtes à droite, l'autre à gauche, et on va inoculer notre microbe atténué à la première moitié. Ensuite, on donnera le virus aux deux groupes et vous verrez que les moutons vaccinés résisteront et les autres mourront.

Les assistants de Louis avaient fait leurs valises pour accompagner le maître jusqu'à Melun, direction la ferme de Pouilly-le-Fort. Au moment du départ, Louis les avait fixés solennellement du regard :

— Si tout fonctionne comme prévu, Émile, Charles, je demande pour vous la Légion d'honneur.

— Si tout fonctionne, c'est parce qu'on aura utilisé le bon sérum, avait rétorqué Émile.

— Ne recommencez pas !

— Je vous dis qu'il faut utiliser la méthode Toussaint.

Toussaint était vétérinaire et s'inquiétait autant des ravages du charbon que Pasteur. Il étudiait le sujet depuis des années et était en train d'élaborer un vaccin. Alors que le chimiste affaiblissait ses solutions de virus en les laissant traîner à l'air et à une certaine chaleur, Toussaint préconisait de les traiter au phénol, un antiseptique puissant, pour atténuer la force du virus. Charles Chamberland et Émile Roux estimaient ce processus plus fiable : on maîtrise plus facilement le dosage d'une solution que celui de l'air et de la température. Mais Louis, qui avait déjà exposé sa méthode « à l'oxygène » à ses confrères de l'Académie des sciences et en avait vanté les résultats, ne voulait pas en démordre. Charles lui avait proposé de réaliser un essai comparatif, chacun avec sa méthode de prédilection ; lui-même avait atténué le virus à l'aide d'une solution de bichromate de potassium qu'il avait mise au point avec Émile. Louis avait dû se rendre à l'évidence : leur vaccin montrait bien moins de sautes d'humeur que le sien. Lui, en revanche, en avait manifesté quelques-unes.

— Que c'est énervant, avait-il marmonné en rangeant son carnet de notes.

Mais il avait décidé d'utiliser le protocole de Charles et Émile pour inoculer les moutons. Les vingt-cinq bêtes immunisées avaient survécu. Pour une fois, Louis ne s'était pas étendu sur les détails.

La moustache hérissée d'Émile en frémissait encore.

— Je vous rappelle que nous n'avons pas encore cent pour cent de réussite. Plusieurs chiens sont morts au cours de nos essais et pardon, mais la science, c'est du sérieux, on ne jette pas une poignée de pièces en l'air en espérant qu'elles retombent du bon côté.

— Oui, mais l'enfant… murmura Louis. Il a été trop mordu pour ne pas être infesté.

Vulpian hocha la tête.

— Je suis d'accord. Il faut le piquer.

— On n'est pas prêts, répéta Émile.

Louis se tassa sur sa chaise. N'étant pas médecin, il n'avait pas le droit d'inoculer des humains. Les règles d'éthique étaient très strictes. De toute façon, même s'il avait été disposé à les jeter par-dessus les moulins, il ne l'aurait pas pu, il arrivait à peine à lever le bras et sa main tremblait trop. Il se tourna vers Vulpian. Le ponte recula de deux pas.

— Je ne le sens pas trop. J'ai peur de blesser l'enfant, je n'ai pas manipulé une seringue depuis vingt ans.

— On se demande à quoi vous sert votre diplôme depuis ce temps, marmonna Émile.

Comme son patron, il savait qu'une dizaine de piqûres pouvaient faire basculer leurs carrières et l'inquiétude le rendait mal aimable. Celle de Pasteur était derrière lui, s'il tombait, il tomberait de très haut mais

Émile et Charles commençaient la leur ; ils glisseraient dans un trou noir et seraient bons pour devenir balayeurs. S'ils n'étaient pas tous jetés en prison pour homicide.

— Si on demandait à Grancher ?

Louis manqua s'étouffer de soulagement.

— Idée géniale ! En plus, il est pédiatre.

Et surtout, le docteur Grancher représentait une caution en béton armé : il faisait lui aussi partie de la Commission de la rage, il suivait les travaux de Pasteur avec passion et, étrangement, il y croyait depuis le début. On ne pourra pas m'accuser de faire des diableries dans mon coin, songea le chercheur. Oui, Grancher était la personne idéale pour piquer le petit Joseph.

Toujours dévoué, Adrien sauta dans un taxi et courut chercher le médecin.

18

Joseph reçut sa première piqûre à huit heures du soir. Louis dormit très mal cette nuit-là. Il se tourna et se retourna dans son lit en pensant au petit garçon couché à quelques mètres de là avec sa mère. Comme il tenait à le garder sous la main et qu'il ne connaissait pas le fameux oncle chez qui les Alsaciens logeaient – c'était peut-être un taudis plein de microbes qui auraient pu flanquer une maladie à l'enfant –, il avait envoyé un garçon de laboratoire acheter deux lits en fer, des matelas, des couvertures, des draps, et il avait installé les voyageurs rue Vauquelin. Adrien dormait dans la chambre à côté, la mère de Joseph pouvait appeler au secours au moindre problème. Mais tout de même… si l'injection rendait l'enfant malade ? S'il faisait une réaction ? S'il se montrait réfractaire au traitement ?

— Arrête de stresser, souffla Marie.

— Je ne peux pas m'en empêcher. Si ça rate, je suis fichu. Imagine Peter ! Il triomphera.

— Ça ne ratera pas.

— Et si Émile et Charles avaient raison, comme pour le charbon ? Si le vaccin était instable ?

— Tu n'as jamais fait deux fois la même erreur. Tout va bien se passer.

La confiance de sa femme sidéra Louis. Comment faisait-elle pour croire en lui à ce point-là ? Même lui, ce soir, doutait de son génie et, pourtant, il savait qu'il en était largement pourvu.

— Merci, souffla-t-il en se blottissant contre elle.

Et il s'endormit enfin.

7 juillet, 8 juillet, 9 juillet… Les jours passaient et se ressemblaient. Joseph recevait chaque matin sa dose de moelle de lapin enragé. Il avait demandé des sucres d'orge à croquer pendant les séances pour ne pas pleurer, sans que l'on sache si c'était la piqûre ou la vue du long visage triste et sévère du docteur Grancher qui l'effrayait. On l'auscultait et on le surveillait sous toutes les coutures. Adrien prenait sa température quatre fois par jour mais le garnement mangeait comme un ours et dormait comme un loir, contrairement à Louis

qui comptait les jours et les injections en rongeant sa cravate. Si le petit mourait, il était mort.

— Je l'ai trouvé un peu énervé aujourd'hui, murmura-t-il un midi en rentrant déjeuner.

— Mais non, dit Marie, il s'ennuie juste, c'est un enfant, pas un cobaye. Il a besoin de se défouler. Laisse-le courir au jardin public.

Touché par sa réflexion, Louis admit que sa femme était une meilleure garde d'enfants que lui. Il donna une permission de promenade à Joseph, qui découvrit avec ravissement le jardin du Luxembourg ; il faisait des révérences aux statues et des bateaux en papier qu'il lançait à l'assaut des bassins. Il n'y avait pas d'endroit de ce genre à Steige. Seulement des maisons à colombages.

Le garnement s'était institué nounou des animaux et, entre deux excursions hors de l'École, il jouait avec les souris, les lapins et les cochons d'Inde de la ménagerie du laboratoire. Il réussit à extorquer un lapin nain aux assistants. Pas enragé, bien sûr. Et la grâce de plusieurs cobayes.

— Celui-ci, il est trop mignon, il ne faut pas le tuer, dit-il en pointant du doigt un minuscule cochon d'Inde qui frétillait du museau en grignotant une branche de céleri.

Le scrupuleux Émile était au bord du craquage. Il refusait d'assister aux inoculations, mais il croisait l'enfant dix fois par jour dans les couloirs ou dans la cour.

— On dirige un labo de recherche ou une classe de maternelle ?

— Allons, allons, un peu de compréhension, tempéra Louis, cet enfant s'ennuie, c'est tout.

Stupéfait, Émile manqua lâcher le tube qu'il manipulait :

— Depuis quand vous êtes devenu psychologue ?

De son côté, Adrien suivait le protocole avec fascination.

— J'ai l'impression de voir jaillir la science, confia-t-il un soir à Charles.

— C'est juste un point de départ, tu sais, il faut porter la science hors des labos.

— C'est pour ça que tu te présentes à la députation ?

Charles hocha la tête.

— Oui. Il faut des parlementaires conscients des enjeux. Le patron n'a jamais réussi à être député ou sénateur, mais c'est normal : il est mieux au-dessus de la mêlée où personne ne peut l'accuser d'être partisan.

Comme Pasteur, il jugeait que la science était passionnante mais elle devait être appliquée et améliorer la vie des gens. Il rêvait de développer le plus largement possible des mesures d'hygiène publique. Il avait cosigné avec Louis la fameuse publication « La théorie des germes et ses applications à la médecine et à la chirurgie », qui lui avait offert la reconnaissance de ses confrères ; du côté du grand public, son filtre à eau était un succès. Il comptait sur ces réussites pour être élu et instaurer des mesures de salubrité publique.

Adrien, qui appréciait la gaieté et la bonne humeur de Charles, estimait qu'il aurait peu de mal à remporter les suffrages.

— Mais si tu sièges à l'Assemblée, tu auras moins de temps pour tes expériences, souligna-t-il.

D'un air insouciant, Charles haussa les épaules.

— Je travaillerai plus. Ou autrement. En tout cas, je serai aussi utile que devant ma paillasse en bois.

Le 12 juillet, la mère appela Louis. Le petit avait des convulsions. Le savant paniqua. Le docteur Grancher rassura tout le monde, remit l'enfant et la mère au lit et le lendemain, fit la dixième piqûre comme si de rien n'était, plus confiant encore dans le protocole que Louis lui-même. L'avenir lui donna raison : les jours suivants, des auréoles rouges apparurent sur le ventre de Joseph mais sans nouvelles convulsions.

Le 16 juillet, Louis se leva comme un zombie : il n'avait pas dormi de la nuit. Il avait relu ses notes, comparant les délais d'inoculation et le temps de dessèchement des moelles utilisées sur Joseph avec les essais faits sur les chiens, en tentant de se rassurer.

Il était onze heures précises lorsque le petit Alsacien entra dans le bureau.

— C'est la dernière piqûre, monsieur le savant ?

— Oui, mon bonhomme.

— J'aurai un lapin ?

Louis, qui réfrénait son stress, était prêt à lui offrir son chapeau et sa canne.

— Si ta maman est d'accord.

— Si vous lui dites que c'est vous qui me l'offrez, elle dira oui. J'en ai vu un tout blanc, avec des oreilles grises…

Joseph s'assit et souleva sa chemise en continuant à jacasser. D'une main, Grancher maintint la peau du bambin et planta fermement la seringue.

Louis relâcha sa respiration vingt-quatre heures plus tard, en voyant Joseph parler, marcher et manger tout à fait normalement sans aucune fièvre. Mais il n'était pas encore tout à fait rassuré. Le docteur Grancher, qui avait la jovialité d'un croque-mort mais une conscience professionnelle de nonne, proposa de prendre le petit en convalescence chez lui quelques jours.

Louis lui fit des adieux émus.

— Tu me donneras des nouvelles ?

Les poches bourrées de sucres d'orge, un lapin nain et un cochon d'Inde dans les bras, Joseph hocha vigoureusement le menton.

— Oui, monsieur le savant.

— Tu m'écriras bien tous les jours ?

— Promis, monsieur.

— Je t'enverrai l'argent pour les timbres. Et tu diras au médecin de ton village de m'écrire aussi. Qu'il me dise comment tu te portes.

— Oui, monsieur.

Ce soir-là, au 45 de la rue d'Ulm, tout le monde se congratula, se prit dans les bras – y compris Louis qui oublia l'espace d'une heure ses préceptes hygiénistes –, trinqua et Marie fut la première à se verser un verre de porto.

L'affaire prit vite un tournant sensationnel.

19

Lorsque le premier rapport officiel du savant sur le cas Joseph Meister tomba, Michel Peter devint fou de rage. Sous l'œil navré de sa femme Céline, il tournait en rond dans son bureau en tirant sur sa barbe.

— Ce fou de Pasteur. Il va finir par tuer des gens ! Je suis médecin, je ne peux pas laisser faire ça !

— Allons, allons, dit sa femme, prends une petite goutte de cognac, ça te fera du bien.

Michel stoppa son élan au milieu du tapis, son long visage gris de colère.

— Je ne veux pas de cognac, je veux éradiquer ces théories absurdes ! Quand je pense que c'est ton cousin, je te jure…

— Je n'y suis pour rien, gémit Céline.

— Je sais bien, ma chérie, dit Michel en la serrant dans ses bras, mais ce type me rend fou. Il est en train de tuer deux mille ans de médecine. Et l'immunité naturelle, hein ? Qu'est-ce qu'il en fait ? Il s'assied dessus, voilà ce qu'il fait ! Il ne connaît rien aux humains, il n'a ausculté que des cochons d'Inde, des poulets et des chimpanzés ! Il ne voit que ses petits microbes ! Il est dangereux. Si on ne l'arrête pas, Dieu sait jusqu'où il va aller. Piquer les bébés ! Les femmes enceintes ! Sa proposition est un scandale !

— Écoute, si son système fonctionne, tant mieux pour les gens, et si ça ne marche pas, il tombera tout seul.

Les larmes aux yeux, Michel lâcha sa femme et se laissa choir dans un fauteuil.

— Mais tu ne comprends pas que si ça marche, il se croira tout permis ? Et ce sera quoi, la prochaine étape ? Inoculer la peste bubonique ? La fièvre jaune ?

— Il a déjà essayé de s'y intéresser mais ça n'a pas trop marché.

— C'est vrai.

Michel avait pleuré de rire en suivant les péripéties de Pasteur autour de la fièvre jaune et du choléra. Le chimiâtre, comme il l'appelait, n'avait pas eu plus de succès avec la peste. Il s'y était intéressé dès 1880, mais avait vite lâché l'affaire : trop difficile.

— Non mais je ne suis quand même pas un demeuré, soupira-t-il, la tête entre les mains. Qui est agrégé de médecine, lui ou moi ? Qui enseigne la pathologie interne à la faculté de Paris, lui ou moi ? Je ne dis pas que Louis est un mauvais bougre, ma chérie, je dis qu'il se mêle de ce qui ne le regarde pas. Il n'a jamais vu un malade de sa vie, excepté pour venir prélever un peu de pus ou de bave sur un malheureux aux portes de la mort ! C'est tout de même insensé de vouloir soigner les gens sans être médecin. Est-ce que j'ouvre une boulangerie ? Et quand je vois des étudiants, des agriculteurs, des facteurs, des gendarmes, qui se saignent aux quatre veines pour envoyer un franc, dix francs, cent francs, pour son fameux Institut, cela me rend malade. La science est tombée bien bas.

Lors d'une séance à l'Académie de médecine, Michel Peter avait tenu à réfuter point par point la présentation de son cousin.

— Tes critiques sont nulles et non advenues, avait rétorqué Louis d'un ton sec. Tu es un homme du vieux monde, un médecin rassis. L'avenir, c'est la recherche.

— Toi et ta folie des laboratoires ! L'avenir, c'est le respect du malade, l'observer, l'écouter, les hommes ne sont pas des cobayes ! Tes rapports peuvent faire illusion devant des botanistes, des géomètres ou des mécaniciens, mais je suis médecin, moi, mon vieux. La maladie naît d'un organisme affaibli et tu le saurais si tu examinais des malades toute la journée comme moi. Quand je mourrai, j'espère qu'on inscrira sur ma tombe « Ci-gît celui qui combattit la chimiâtrie ».

Louis avait ricané.

— On écrira « Ci-gît un ennemi du progrès ».

— Beau progrès ! Louis, je t'aurais prévenu : tu cours à la catastrophe et tu le sais. Tu joues avec tes virus et tu vas créer plus de malades de la rage qu'il n'y en a jamais eu. Tu auras l'air malin, après cent accidents vaccinaux.

— Ça n'arrivera pas. Mon équipe est la meilleure du monde.

Exaspéré et à bout d'arguments, Michel avait enfoncé son chapeau sur sa tête et tourné les talons. Au moins, s'était-il dit en rejoignant à grands pas la faculté où l'attendaient ses chers étudiants, je peux mettre en garde les futurs médecins contre ces pratiques stupides et dangereuses. Et leur expliquer qu'il n'y a qu'une chose qui vaille : un bon examen clinique. Les microscopes n'ont rien à faire dans notre métier.

Mais les alertes des sceptiques, comme Michel Peter ou le député Raspail, furent étouffées sous les applaudissements et les louanges officielles. Paris, la France entière et toute l'Europe ne parlaient que du traitement miraculeux inventé par Louis.

Les médecins n'hésitaient plus à expédier les personnes mordues au laboratoire de la rue d'Ulm pour les faire bénéficier du traitement préventif et si efficace de M. Pasteur.

— Tu vois, mon petit, dit-il à Adrien, la persévérance et la confiance paient toujours. À nous cinq ou six, en étant sérieux et obstinés, nous avons réussi ce qui semblait impossible.

Mais il n'avait pas convaincu tout le monde.

20

Marie Huot épluchait des pommes de terre destinées à une potée lorsque son fils entra dans la cuisine ; il tenait son bras droit serré contre sa poitrine et la manche de sa veste était en lambeaux. Effarée, elle lâcha la patate et le couteau dans la bassine en zinc.

— Tu as été agressé ?

Son fils secoua la tête en grimaçant.

— Un chien m'a attaqué au jardin public. Il était sûrement enragé, je n'arrivais pas à lui faire lâcher mon bras. Heureusement, un gardien m'a entendu crier et l'a assommé avec son bâton. J'ai fait comme tu m'as dit : j'ai sucé la morsure.

Marie essuya ses mains sur son tablier. Son fils s'était laissé tomber sur une chaise. Elle se pencha sur lui et écarta les pans de tissu tachés de sang.

— C'est bien, Henry. Lave ton bras, change de chemise, et crache fort sur les plaies. Je vais à la pharmacie acheter des pansements.

Des étagères en chêne patiné couvraient trois murs de l'officine et montaient jusqu'au plafond. Des flacons de verre bleu ou brun remplis de poudres végétales ou minérales et de liquides aux fonctions obscures brillaient entre les étagères. Les tiroirs, soigneusement étiquetés, recelaient des dizaines de sachets de papier plein d'herbes et de feuilles.

Le pharmacien était un petit homme chauve et méticuleux, presque noyé dans une blouse grise trop grande pour lui.

— J'ai des bandages, de la gaze, de la charpie, en lin ou en coton, déclara-t-il en tirant un casier. C'est pour quel type de plaies ?

— Des morsures de chien. La peau a été arrachée sur la largeur de deux doigts, juste au-dessus du poignet, et les crocs ont percé l'avant-bras en deux ou trois endroits. Rien de grave.

— L'animal est enragé ?

Marie haussa les épaules.

— A priori, oui.

— Vous devriez emmener la personne chez M. Pasteur. Il donne un traitement préventif très efficace, à ce qu'on m'a dit.

Les narines de Marie se dilatèrent comme celles d'un taureau.

— Et à ce qu'on m'a dit à moi, il injecte de la moelle de lapin et de la cervelle de chien aux enfants. Donnez-moi de la gaze et gardez vos conseils.

De retour à la maison, elle entraîna son fils à la cuisine, le fit asseoir et lui tendit un mouchoir propre.

— Remonte ta manche et mets ça entre tes dents, je vais cautériser la plaie.

Une odeur de barbecue monta dans la cuisine. Henry serra les dents, puis sa mâchoire se relâcha brusquement. Il était tombé dans les pommes.

Marie le redressa, lui fit boire un verre de calva pour l'aider à se remettre, banda les plaies et retourna à ses patates.

Quelques semaines plus tard, les morsures d'Henry avaient cicatrisé et la brûlure était presque guérie. Marie Huot vit l'occasion de prendre Pasteur à son propre jeu. Elle reprit sa plume. Dans une lettre cinglante, elle commença par lui exposer les faits et sa méthode, concluant qu'elle-même avait été mordue cinq ou six fois dans sa vie par des animaux enragés et qu'elle ne s'en portait pas plus mal que son fils. Un bon nettoyage à la salive et un petit coup de fer rouge étaient tout aussi efficaces que la sinécure et les simagrées imaginées par Pasteur dans son laboratoire. Pas besoin d'entretenir, aux frais de la princesse, d'horribles chenils où des centaines d'animaux, destinés à fournir du pus rabique, seraient torturés jour et nuit pour rien et pour prouver l'inutilité criminelle du système Pasteur. Elle le mettait au défi de guérir à l'hôpital de véritables enragés – dans son laboratoire, et avec des mordus pas forcément infectés, c'était un peu facile – et lui proposait un test en *live* : que le chercheur et elle-même se fassent mordre par un chien malade. Chacun se soignerait ensuite selon sa propre méthode. Elle était prête à intégrer Henry, son fils de quinze ans, à l'expérience et à le faire mordre à nouveau.

— Quelle drôle d'idée, rit Louis en lisant son courrier.

Mordue ou pas, cette femme était enragée, tout comme Peter et les antivax. Il classa la lettre et n'y pensa plus. Il avait mieux à faire : de plus en plus de malades à soigner, et une organisation à mettre en place pour que le laboratoire ne soit pas débordé. Les gens venaient pour tout et n'importe quoi, après une griffure de canari, ou « au cas où ils croiseraient dans les allées du cimetière, ou au bois de Boulogne, un renard malade ». L'équipe du laboratoire avait un mal de chien à leur expliquer que la vaccination était un soin, on se faisait inoculer seulement si c'était nécessaire, c'est-à-dire *après*[1] avoir été mordu par une bête enragée et non pour faire le kéké au bistrot.

Un deuxième problème inattendu s'était présenté : les profiteurs. Des marchands de sommeil venaient faire de la retape dans les files d'attente devant le laboratoire ou dans les gares au pied des trains, proposant des packs « Séjours antirabiques » avec location de taudis à prix astronomiques et soi-disant billets coupe-file offerts. Des escroqueries qui mettaient en fureur l'équipe du laboratoire.

— Si j'ai décidé de vacciner gratuitement les gens, ce n'est pas pour que des sans-foi qui font leur beurre sur la misère humaine récupèrent mon travail et les plument comme des poulets, pestait Louis.

1. Aujourd'hui, la vaccination contre la rage existe également en prévention, c'est-à-dire en pré-exposition à la maladie pour les voyageurs qui partent dans certains pays d'Afrique, d'Asie ou d'Amérique du Sud.

— Sans compter qu'on va nous coller l'arnaque sur le dos puisque ces salopards utilisent votre nom, ajoutait Émile.

René proposa de rédiger un communiqué de presse mettant en garde le public contre ces escroqueries et de l'envoyer à toutes les rédactions.

— Espérons qu'elles joueront le jeu et le publieront, dit Louis.

— J'en suis certain. Et n'oublions pas les malades qui viennent d'Angleterre, d'Amérique ou d'Allemagne. Je vais prévenir les correspondants des agences étrangères, l'Associated Press, Havas et Reuters, afin que le message passe aussi à l'étranger.

1886

21

L'année 1886 commençait sous les meilleurs auspices pour Marie. Son fils Jean-Baptiste avait enfin trouvé sa voie en s'orientant vers la diplomatie, sa fille Marie-Louise roucoulait toujours avec son adorable mari, sa petite-fille Camille était en pleine santé et la réussite du grand projet de Louis ouvrait à son mari des perspectives quasi infinies. Elle avait reçu une montagne de boîtes de chocolats, de pots de jacinthes et de cartes de vœux ; elle terminait ses derniers courriers de remerciements lorsque Louis déboula dans le bureau, essoufflé et ébouriffé.

— Marie, donne-moi mon chapeau et mon habit numéro deux, l'ambassadeur de Russie passe me prendre.

— Mais pour t'emmener où ?

— Aucune idée. Je viens de recevoir un message : « Me propose de venir vous chercher à midi, cordialement, grand-duc Vladimir ».

— Veux-tu que je t'accompagne ? demanda Marie.

Elle n'avait jamais vu un grand-duc de sa vie. C'était l'occasion ou jamais.

— Pas la peine, j'emmène Adrien.

Vexée, Marie ferma son écritoire et annonça qu'elle allait se coucher.

— Et ma revue de presse ? demanda Louis, tout chamboulé.

— Pour une fois, tu la feras toi-même. Et ton déjeuner aussi.

À midi précis, une voiture se gara dans la rue. Un cocher large et haut comme un ours, emmitouflé dans une cape aux couleurs du prince, en descendit et sonna respectueusement.

— Z'êtes garé devant la grille, grogna le portier de l'École normale.

— Pardon, je viens chercher un monsieur.

— Qui c'est que vous voulez ?

— M. Pasteur.

Le gardien souleva sa casquette et se gratta le nez.

— Décidément, tout le monde en a après lui. Bougez pas, je l'appelle.

Un quart d'heure plus tard, son haut-de-forme sur la tête et sa canne sur les genoux, Louis roulait vers l'hôtel Continental où le grand-duc Vladimir l'attendait. La suite était somptueuse. Le laboratoire de Louis aurait tenu tout entier dans le salon recouvert de tentures de soie et bourré de consoles en marbre et en bois doré.

Le frère du tsar était engoncé dans la même quantité de dorures. Il accueillit le savant avec émotion et en roulant les *r*.

— Mon cher Pasteur, vous êtes un bienfaiteur de l'humanité.

— J'essaie, dit Louis avec sa modestie ordinaire.

— Les Russes souffrent tellement des drames causés par les loups enragés ! Ces animaux sont des tueurs ambulants, ils mordent nos braves paysans, nos femmes et nos enfants ! Savoir que votre traitement permettra désormais de sauver des centaines d'innocents, par saint Cyril, vous ne pouvez pas savoir le bonheur que vous nous donnez ! La sainte Russie, mon frère et tous ses sujets vous sont reconnaissants et tributaires.

— N'exagérons pas, Votre Altesse.

— Si, si ! C'est pourquoi mon frère le tsar a décidé de vous décorer de l'ordre de Sainte-Anne de Russie. Connaissez-vous sainte Anne ?

— Eh bien…

— Évidemment, un grand chrétien et un homme cultivé tel que vous connaît sainte Anne, s'exclama le grand-duc. Sergueïevitch !

L'aide de camp avança de trois pas et se mit au garde à vous face au grand-duc.

— La plaque.

Le jeune homme enchaîna un demi-tour impeccable, une esquive vers la pièce voisine et une courbette en revenant avec un coussin de velours écarlate qu'il tendit d'une main respectueuse. Le grand-duc saisit une très jolie croix en or jaune aux branches émaillées en rouge et s'approcha de Louis. Instinctivement, le savant serra les talons en s'appuyant sur sa canne.

— Louis Pasteur, au nom d'Alexandre, empereur de toutes les Russies et roi de Pologne, et en reconnaissance de votre dévouement et des avancées que vous avez réalisées pour le bien-être de l'humanité, je vous nomme officier de l'ordre de Sainte-Anne.

Quelle belle manière de démarrer 1886, songea Louis tandis que l'ambassadeur épinglait sur sa redingote la plaque rouge et or.

— Votre Altesse m'honore, murmura-t-il.

Adrien, qui était resté debout près de la porte, essuya une larme d'émotion.

— J'ai fait préparer une petite collation pour fêter ça, dit le grand-duc. Me ferez-vous le plaisir de la partager ?

— Bien volontiers, répondit le savant.

— Sergueïevitch ! Faites servir.

En quittant l'hôtel, il glissa à Adrien :

— Surtout, ne dis rien à ta tante. Elle serait furieuse d'avoir manqué ce délicieux caviar et ce bon champagne.

— Promis, mon oncle.

— Et maintenant, filons au laboratoire, j'ai hâte de voir ce qu'Émile et Charles ont réalisé cet après-midi.

Le soir, lorsqu'il se mit à table, Marie lui servit une double portion de légumes sautés. Elle se sentait un peu coupable d'avoir privé son mari de déjeuner.

— Merci, mais c'est trop, dit Louis, l'estomac encore plein des fruits de mer, œufs de poisson et viande en gelée dégustés le midi.

— Tu n'as pas faim ?

— Ah si, si, mais le soir, tu sais, mieux vaut manger léger. Il ne faut pas surcharger l'organisme avant de dormir.

22

La plaque de Sainte-Anne fut placée dans une vitrine avec les dix autres décorations déjà reçues. Marie ne laissa pas son mari s'endormir sur ses lauriers.

— Tu as presque neuf mois de recul, Louis. Il est temps de rappeler officiellement ce miracle au monde.

— Tu as raison.

Il avait écrit quelques notes préliminaires mais aujourd'hui, après avoir inoculé des centaines de personnes, il pouvait enfoncer le clou.

Louis utilisa le canal habituel, la tribune de l'Académie des sciences, qui tenait lieu à la fois de jury spécialisé et de conférence de presse. Tous les chercheurs y annonçaient leurs découvertes. C'était là que

Daguerre avait présenté son procédé photographique, que Gramme avait fait une démonstration de sa dynamo et que Louis avait expliqué le rôle des levures dans la fermentation alcoolique. Les sujets pouvaient être obscurs, voire indigestes, même à des esprits aussi brillants que ceux des académiciens. Pour garder l'honorable assemblée en éveil, Louis avait une astuce : faire le show. La tribune de l'Académie était sa salle de théâtre. Afin d'expliquer ses découvertes concernant le choléra des poules, il était arrivé avec une cage et trois volatiles dedans, dont une morte, couchée au fond de la cage. Son entrée était restée dans les annales de l'auguste assemblée, réveillée par les cot-cot-cot des poules.

Ces « communications » étaient ensuite reprises dans la gazette de l'Académie, intelligemment intitulée *Comptes rendus hebdomadaires des séances de l'Académie des sciences*. Aucun risque donc pour un lecteur étourdi de la confondre avec *Picsou magazine*, même si une partie des découvertes tenaient de *Pif gadget*. Dès ses premières recherches, Louis avait compris tout le parti qu'il pouvait tirer de cette revue imprimée à mille ou deux mille exemplaires et diffusée dans toute l'Europe. Il y avait déjà publié plus de deux cents articles, autant d'occasions de voir imprimer son nom et de le faire circuler dans la communauté scientifique.

Louis baptisa son nouveau mémoire : « Les résultats de l'application de la méthode de prophylaxie de la rage ».

L'Académie écouta son exposé dans un silence qui le gonfla de bonheur. Qu'il avait eu raison de s'obstiner dans ces essais ! À la fin, à deux doigts de s'envoler au plafond comme un ballon, Louis ôta son lorgnon et précisa :

— Nous avons reçu des malades venant du monde entier : de Russie, d'Angleterre, d'Allemagne, de Hongrie, d'Italie, d'Espagne, beaucoup même d'Amérique du Nord. Pour l'Amérique du Sud, le Chili, le Brésil, l'Australie, il faudrait évidemment former de jeunes savants qui exporteraient notre méthode dans ces pays à des heures de bateau. On pourrait faire de même aux quatre coins de l'Europe, mais ce serait gâcher de l'énergie : les gens peuvent prendre le train. Et moins il y aura d'opérateurs, mieux ce sera.

Pour Louis, la confiance n'excluait pas le contrôle et sa méthode était si précise que la moindre erreur pouvait provoquer une bavure explosive. Non seulement elle créerait un mort mais elle créerait un précédent : un échec de Pasteur. Et cela, il ne l'admettrait pas, même en rêve. Ni contre cent millions de francs.

— Conclusion : mieux vaut rembourser les billets de train et les frais de séjour des indigents jusqu'à

Paris, cela coûtera bien moins cher que les frais de fonctionnement d'un établissement dont le personnel, très choisi, devra être payé confortablement, surtout si l'on considère la continuité obligée du travail et la responsabilité encourue.

Les génies se distinguent des hommes lambda par ce genre de détail : ils pensent à tout, y compris aux frais de gestion.

Le bon sens de Louis souleva un torrent d'enthousiasme. Dressés devant leur fauteuil, les physiciens, les astronomes, les biologistes, les botanistes, les géologues, les médecins pas bas du front – comme Jean-Martin Charcot, Paul Bert ou Alfred Vulpian – applaudirent à s'en faire péter la peau des paumes. Les chimistes toisaient leurs confrères avec délectation, pensant en leur for intérieur : « Aha, voyez ce qu'on est capable d'imaginer, les gars, la potasse et l'acide tartrique mènent à tout ». Hervé Mangon, le célèbre météorologue, fit même un cœur avec ses doigts.

Je n'ai plus qu'une chose à faire, songea Louis. Sonner à toutes les portes et lever des fonds. Beaucoup, beaucoup de fonds pour lancer mon Institut.

23

Confortablement installé dans une brasserie avec Sully Prudhomme, Alexandre Dumas fils dévorait une omelette au lard. Les deux hommes avaient sympathisé sur les bancs de l'Académie française et déjeunaient de temps à autre ensemble. Le poète était un idéaliste et le romancier aimait les grandes causes. Alexandre avait eu la chance de connaître un succès terrible à vingt-quatre ans, grâce à son roman *La Dame aux camélias* qui avait été un best-seller. Adapté au théâtre, il avait été repris par Verdi et était devenu *La Traviata*. Propulsé comme un boulet de canon sur la scène artistique, le jeune Alexandre avait enchaîné les triomphes. Il s'était ensuite engagé dans divers faits de société : le divorce, le vote des femmes ou la condition des enfants illégitimes.

Son ami Sully, au contraire, était devenu poète après avoir voulu être ingénieur et avoir travaillé dans une usine de métallurgie au Creusot. Il avait conservé une passion pour les sujets scientifiques.

— J'ai vécu un truc de dingue, ce week-end, dit-il en picorant un haricot vert.

— Raconte-moi.

— J'étais chez un ami, le comte de Xantes, et il a reçu un appel téléphonique.

Alexandre manqua en lâcher sa fourchette.

— Incroyable ! Un vrai coup de fil ?

— Oui, oui. Nous buvions un café dans le fumoir, à côté de son bureau, et un tintamarre épouvantable nous a fait sursauter. Nous avons tous cru que les cloches de Notre-Dame nous tombaient sur la tête. Figure-toi que c'était le téléphone accroché au mur ! Le comte a pris le cornet et discuté avec un ami habitant à Lyon.

— La technologie est une science merveilleuse. Un jour, nous marcherons sur la Lune.

— Je n'espère pas, dit Sully. De quoi parlerions-nous, nous autres, les poètes ? Il ne nous resterait plus rien pour faire rêver nos lecteurs.

Alexandre eut un sourire taquin.

— Bah, on vit très bien sans poésie. Tant qu'il reste du théâtre…

Le visage de son ami se décomposa.

— Je plaisante, mon vieux, dit Alexandre précipitamment. Reprends donc un peu d'omelette, elle est délicieuse.

— Non merci, dit Sully d'une petite voix.

Alexandre n'insista pas mais se resservit copieusement.

— La science crée de belles choses, tout de même. Regarde ce qu'a réussi Pasteur. Cet Institut qu'il a imaginé !

— Oui mais il cherche toujours des fonds. Il sonne à toutes les portes mais il n'a réuni que cinq cent mille francs et il lui en faudrait le triple.

— Moi, dit Alexandre, je suis fan. Je suis prêt à donner mon nom pour l'aider.

Sully, qui était la générosité incarnée, bondit sur l'idée.

— Je te suis ! Unissons nos forces et nos cerveaux pour soutenir ce grand projet ! Faisons marcher nos réseaux !

— Bien. Organisons-nous. Il nous faut du matériel. Garçon !

Une silhouette enveloppée dans un long tablier noir se précipita.

— Monsieur ?

— Apportez-nous de quoi écrire, dit Alexandre. Et deux crèmes brûlées.

Il se pencha vers son ami :

— J'adore la crème brûlée. Ça me rappelle mon enfance. Une sorte de petite madeleine, tu vois ?

— Euh, non.

— Le goût des souvenirs, quoi. Toi qui aimes la philo, tu devrais écrire un essai là-dessus.

Écartant la salière, il posa sur la nappe blanche l'encrier et les feuilles de papier amenés par le serveur, puis empoigna la plume comme un javelot.

— Trouvons un moyen de convaincre le public de donner de l'argent. Un dîner payant ?

Le poète secoua la tête.

— C'est trop limité. Ça rassemblera seulement cent ou deux cents personnes. Il faut penser plus large.

— Juste. Une représentation à la Comédie française ou à l'opéra ? Le prix des billets serait reversé à la cagnotte de création de l'Institut Pasteur.

— Oui… mais on devrait trouver un moyen de faire plus.

— Et ne pas réserver cette participation aux riches, dit Alexandre. Le peuple aussi aime Pasteur et a envie de le soutenir. Regarde le succès des contributions lancées par les journaux populaires : tout le monde donne ! Si on organisait une kermesse géante ? Avec des barbes à papa, pour attirer les familles !

Sully s'enflamma à son tour.

— Un festival ! Quelle bonne idée !

— Je note.

— Pensons animations, curiosité, prestige, surprise, dit le poète en joignant les mains. Demandons à Camille Saint-Saëns, Charles Gounod et Victorien Sardou de participer, il faut ratisser large. Plus on aura de peoples et plus les shows seront variés, plus les gens viendront.

— Parfait. Point 1, de la musique pour tous les goûts. Du classique, du moderne et du populaire.

— Du Mozart. Tout le monde aime Mozart. Du Verdi, aussi. Et La Fontaine, c'est incontournable, La Fontaine.

Alexandre ajouta les suggestions et s'interrompit le temps d'avaler la moitié de la crème brûlée qui le narguait.

— Il faut du théâtre, dit-il, ça plaît toujours, le théâtre.

— Bien sûr. Et des lectures.

— Je note. Point 2, trouver des acteurs et des actrices prêts à déclamer gratuitement.

Emportés par leur enthousiasme, le romancier et le poète redoublaient d'imagination. La liste s'allongea : recruter des vendeurs – ou plutôt, des vendeuses, les femmes ayant toujours plus de succès auprès de la clientèle – pour écouler les billets. Monter une loterie.

Installer des manèges. Prévoir un feu d'artifice (ça plaisait autant que le théâtre). Engager des ouvreuses. Prévoir la décoration. Faire dessiner des affiches.

— Je vais écrire un poème inédit, ajouta Sully. Une ode à Pasteur.

— Et moi, j'appelle la mairie pour demander le palais du Trocadéro.

— C'est la plus grande salle des fêtes de Paris. Tu es sûr qu'on va la remplir ?

— Mon cher, la chance sourit aux esprits préparés. Il faut voir grand, toujours. C'est le secret de la réussite. Voyez Pasteur.

— C'est vrai, dit Sully.

24

Assis à la terrasse du Café des Italiens devant un verre de picon-blanc, Henri Rochefort referma *Le Temps* d'un geste sec. Ce torchon en faisait encore des tartines sur Pasteur. Pasteur par-ci, Pasteur par-là, Pasteur le grand, Pasteur le magnifique, c'était à se taper la tête contre le mur.

Henri Rochefort était le rédacteur en chef de *L'Intransigeant*, un quotidien dont le nom résumait à merveille la ligne éditoriale. Aristo défroqué de sa particule, ancien député, ex-bagnard, polémiste depuis toujours, Rochefort utilisait depuis vingt ans sa plume comme un canon et tirait à vue contre ceux qu'il estimait dangereux ou méprisables. Pour lui, Pasteur était de ceux-là. Pas plus que Peter, Rochefort n'avait digéré le compte rendu de séance du 1er mars de l'Académie des sciences. La glorieuse assemblée avait adopté à l'unanimité un projet en quatre points :

« Article premier. – Un établissement pour le traitement de la rage après morsure sera créé à Paris, sous le nom d'Institut Pasteur.

Art. 2. – Cet Institut admettra les Français et les étrangers mordus par des chiens ou autres animaux enragés.

Art. 3. – Une souscription publique est ouverte, en France et à l'étranger, pour la fondation de cet établissement.

Art. 4. – L'emploi des fonds souscrits sera fait sous la direction d'un comité de patronage composé de : MM. l'amiral de la Gravière, président de l'Académie des sciences ; Gosselin, vice-président de l'Académie des sciences ; MM. Bertrand, membre de l'Académie française, secrétaire perpétuel de l'Académie des sciences ; Pasteur, membre de l'Académie française et de l'Académie des sciences ; Vulpian ; Marey ; Bert ; Richet ; Charcot ; Mangon ; de Freycinet, membres de l'Académie des sciences. »

La motion était soutenue par toute une clique de vieux idolâtres, comme le secrétaire perpétuel de l'Académie française, celui de l'Académie des inscriptions et belles-lettres, celui de l'Académie des beaux-arts et Jules Simon, le secrétaire perpétuel de l'Académie des sciences morales et politiques, mais aussi le gouverneur de la banque de France, le gouverneur du Crédit foncier, le baron Alphonse de Rothschild, le doyen de la faculté de médecine de Paris, le secrétaire perpétuel de l'Académie de médecine, sans parler de Brouardel, professeur à la faculté de médecine de Paris et président du Comité consultatif d'hygiène publique ou du fameux docteur Grancher. L'ensemble du réseau pasteurien était au rendez-vous et au garde-à-vous, songea Henri.

Et maintenant, on parlait d'un festival pour lever des fonds. Toutes les actrices blettes et les ténors sur le retour voulaient se pavaner sur la scène du Trocadéro en gazouillant des vers à la gloire de Pasteur. Mais wtf?! Que faisaient la police, la justice, les médias ? Ce Pasteur était un escroc, un vendu aux industriels. D'abord, alors qu'il était professeur à la faculté de Lille, il avait commencé à travailler pour les vinaigriers. Ensuite, il avait continué avec les marchands de vin, inquiets de l'instabilité de leur précieux breuvage. Enfin, il avait été consultant pour les brasseurs, y compris le plus gros brasseur danois. Un mélange des genres qui puait, soyons clair. Et pour un soi-disant si grand patriote, vendre ses conseils à un industriel étranger, c'était tout sauf classe.

— Salut, Rochefort !

— Salut, Chincholle.

Chincholle était journaliste au *Figaro* et suivait les travaux de Pasteur avec admiration.

— Tu as pris des billets pour le festival du Trocadéro ? demanda-t-il innocemment.

S'il n'avait pas tant respecté le travail des vignerons de Sancerre, Rochefort aurait craché dans son verre.

— Cette fumisterie ?

— Rochefort, tes préjugés te tueront. Toute la presse y sera. Ouvre les yeux, enfin, regarde le monde, admire les découvertes qui nous changeront la vie demain.

— Je regarde le monde et ce que je vois ne me plaît pas.

— Tu n'es qu'un aigri. Tu as tout raté dans ta vie : ta carrière politique, tes engagements, ton mariage.

Les yeux en amande de Rochefort se transformèrent en deux braises.

— Il y a une chose que je ne vais pas rater, c'est mon coup de poing sur ton nez, gronda-t-il.

Chincholle, qui s'était assis en face de lui, se leva prudemment.

— Tu ferais mieux de changer d'avis sur Pasteur, tu es ridicule. Chaque jour, on publie les témoignages de dizaines de personnes guéries par son traitement.

— Et toi, un reporter à la mie de pain. La voix de ton maître, voilà ce que tu es.

Il suivit des yeux le dos rond de Chincholle qui s'éloignait précipitamment, puis vida son verre d'un trait. Cet imbécile lui avait donné une idée. Les collabos du *Figaro* ou du *Temps* publiaient la liste des guéris ? Lui chercherait les autres, tous les autres… et *L'Intransigeant* publierait les noms des morts. Les victimes des triomphes de M. Pasteur.

25

Alexandre Dumas avait eu raison, sa proposition avait déchaîné l'enthousiasme. Ferdinand de Lesseps avait, lui aussi, offert son nom en gage pour soutenir l'événement et on ne refusait pas grand-chose à l'homme qui avait percé le canal de Suez. Soutenu par un comité de scientifiques et le gratin artistique de Paris, le festival du Trocadéro s'organisa à une vitesse d'enfer. Les billets s'arrachèrent.

À deux jours d'accoucher, Marie-Louise tenait absolument à y assister.

— Je veux écouter le *Sonnet à Pasteur* de Sully Prudhomme.

— Ce n'est pas raisonnable, ma puce, dit son mari.

— Il a raison, dit sa mère.

— Je suis enceinte, pas tuberculeuse, rétorqua Marie-Louise, qui était aussi obstinée que ses deux parents réunis. J'irai au Trocadéro, à pied ou à cheval. Vous n'allez pas me ligoter sur un fauteuil du salon.

Tiraillé entre le désir de faire plaisir à sa fille et la prudence, Louis choisit de concilier la chèvre et le chou.

— Je vais louer une voiture bien confortable pour t'emmener et embaucher une sage-femme pour la journée. Elle restera à côté de toi dans la loge, au cas où tu aurais des douleurs et je demanderai à un ami médecin de passer t'examiner en fin de journée.

— Merci, mon papa chéri, dit Marie-Louise en lui sautant au cou.

— Tu passes tout à cette petite, soupira Marie.

Le comité d'organisation du festival avait bien fait les choses, l'affiche envoyait du bois. Alexandre, Sully et leurs amis avaient rabattu des stars de l'Opéra, de l'Odéon, de l'Opéra-Comique, de la Comédie française, de l'Opéra de Vienne et même deux chœurs de musique russe.

En s'asseyant dans la loge qui leur était réservée, Marie fut emplie d'une bouffée de bonheur. Des balcons à l'orchestre, on n'aurait pas fait entrer une épingle dans la salle. Et c'était le travail de son mari que ces milliers de personnes venaient soutenir, encourager ! Le programme annonçait vingt-huit numéros artistiques différents, les gens en auraient pour leur argent.

L'arrivée du grand homme déclencha plusieurs minutes d'applaudissements.

— Tous ces gens sont venus pour papi, s'extasia Camille tandis que son grand-père saluait les spectateurs.

René la serra contre lui.

— Oui et ils sont venus soutenir la science et le progrès, ma chérie. Tu vois à quoi l'on parvient lorsque l'on travaille dur et de tout son cœur ?

À six heures du soir, le célèbre *Ave Maria* clôtura le spectacle. Lorsque Charles Gounod himself, à la fin du morceau, envoya des deux mains un baiser à Pasteur, René lui-même manqua pleurer d'émotion.

— Heureusement que tu as insisté pour venir, souffla-t-il à sa femme. Ç'aurait été dommage que tu rates ça.

Marie-Louise aurait surtout manqué le discours de son père, le soir, lors du banquet. Louis sidéra l'assemblée lorsqu'il avoua entre deux sanglots et d'abondants remerciements :

— C'est la première fois que j'entends jouer toutes ces œuvres…

Contrairement à son cousin Michel Peter, il avait dû aller dix fois au théâtre dans sa vie.

Face à ce triomphe, Henri Rochefort était blanc de rage.

— Bienfaiteur de l'humanité, tu parles ! Ce type est un opportuniste !

Le malheur, c'est que la propagande de Pasteur était si bien rodée que les gens ne voyaient pas son vice. Tout le monde bêlait d'admiration devant lui. Et que je t'offre des plaques commémoratives, et que je t'invite à des congrès, et que je te fais applaudir par le Conseil de Paris, et que je te vote des subventions, et que je t'offre des pensions à vie… Avec ce fameux festival, l'escroc avait engrangé plus de quarante mille francs pour son palais de la piqûre ! Le comble du ridicule avait été atteint par Prudhomme, ce poète de bas étage, cet écrivaillon bien-pensant, qui avait commis un poème en l'honneur du « grand homme », d'une mièvrerie écœurante. Les deux tercets étaient particulièrement goûtus :

La maladie, obscure et traîtresse ennemie,
Étend et fait sévir sa puissance affermie
Par l'âpre et long travail de son venin vivant.

Mais tu la prends au piège où ton flambeau l'accule ;
Ton souple et fort génie, ô bienfaiteur savant,
De cette hydre invisible est le nouvel Hercule ![1]

Grotesque. Hercule ! Et pourquoi pas Jupiter ? Henri donna un grand coup de poing sur la table, si fort que sa houppette de cheveux blancs tressaillit au sommet de son crâne. Ce suppôt du bonapartisme, ce troll de l'Ancien Monde embourgeoisé et avide ne l'emporterait pas au paradis. Henri allait se charger de rappeler au public et aux politiques qui était réellement Louis Pasteur, quel rat se cachait derrière la sainte figure du gentil papi barbu.

— Je vais le défoncer, ricana-t-il.

Il avait déjà lancé dans *L'Intransigeant* une série d'articles détaillant les échecs thérapeutiques de Pasteur, qu'il titrait ironiquement « Les succès de M. Pasteur » ou « Les cures merveilleuses de la rue d'Ulm » ; ce feuilleton au vitriol avait réussi à éveiller chez ses lecteurs la méfiance à l'égard du gourou, mais il fallait taper plus fort, stopper les dons et les subventions publiques.

Il allait dévoiler les conflits d'intérêts de Pasteur.

1. « Sonnet à Pasteur », *Œuvres de Sully Prudhomme, 1879 – 1888.*

26

Le chimiste-financier, comme l'appelait le journaliste-député, découvrit l'article le 18 juin.

> *Le vaccin par actions*
> *Nous avons toujours soupçonné la science de M. Pasteur d'avoir des desseins financiers et nous ne l'avons pas caché. Il vient, en effet, de se créer une Société anonyme au capital de deux cent cinquante mille francs pour la* vulgarisation du vaccin charbonneux Pasteur… *Inoculer aux gens des virus qui ne les guérissent pas généralement, mais qui, souvent, au contraire, les empoisonnent, et se faire des rentes par ce système, c'est le comble de la découverte scientifique*[1].

1. *L'Intransigeant*, 18 juin 1886.

Louis relut l'article et lui trouva un arrière-goût de beurre rance. Il n'était pas intéressé par l'argent. Absolument pas. S'il avait fait breveter sa méthode sur la fermentation alcoolique, celle de fabrication de l'acide acétique et celle sur la conservation des vins, c'était pour éviter que des industriels peu scrupuleux s'en emparent, un point c'est tout, ou pire, que des chercheurs le copient sans respecter ses procédés et que leurs expériences tournent en jus de chaussettes. Leur échec l'aurait fait passer pour un guignol.

Mais la petite voix qui bourdonnait dans sa tête ne se tut pas. « Et la société que tu as créée en 1873 ? murmura-t-elle. Cette Société des bières inaltérables, fondée avec l'appui de la Haute Banque parisienne et de Georges de Soubeyran, l'ancien gouverneur du Crédit foncier, qui a apporté 20 % des capitaux ? Ce n'était pas de la bonne grosse entreprise lucrative, mon petit Louis ? »

Louis secoua la tête. C'était il y a plus de vingt ans, il y avait prescription. Oui, il avait vendu pour cent cinquante mille francs ses brevets à cette société, oui, il avait touché vingt-cinq mille francs par an de la Société des bières inaltérables en tant que consultant mais il fallait bien manger. Et arpenter la France en train ou en voiture pour ses expériences. S'il avait dû compter sur son misérable traitement de professeur, il aurait été à Chartres et à Venise à pied !

« Et le filtre à eau imaginé par ton assistant, Charles Chamberland, et vendu en y collant ton nom ? » insista la voix. C'était un bon, un excellent procédé qui permettait d'éliminer les microbes, songea Pasteur en chiffonnant son journal d'une main rageuse. On n'allait pas reprocher à Chamberland d'avoir trouvé un moyen rapide et facile de lutter contre le choléra et la typhoïde ! Et si son nom à lui, Pasteur, permettait d'en vendre des milliers et de sauver autant de familles de ces affreuses maladies, il en était fier.

Matée, la petite voix se tut. Louis froissa *L'Intransigeant* jusqu'à former une boule de la taille d'une balle de tennis. Il avait plus important : la visite du prince d'Oldenbourg. Ce général fan de musique était aussi féru de santé publique et de médecine. Il était venu rue d'Ulm admirer les méthodes de Pasteur et tenait à les importer en Russie. Il avait demandé qu'on lui prête un technicien aguerri. Qui envoyer ? Émile ? Louis se gratta la joue en réfléchissant. Émile était trop précieux. Il avait aussi un caractère de chien, pas très adapté aux relations internationales. Charles ? Charles était facile à vivre et s'entendait avec tout le monde mais il était trop intelligent, ses idées révolutionnaires paniqueraient les Russes. Adrien lui semblait un bon compromis. Son neveu maîtrisait suffisamment les techniques vaccinales pour remplir sa mission tout en étant assez diplomate pour mettre les Russes dans sa poche.

Il appela son neveu.

— Adrien, j'ai une mission de la plus haute importance à te confier.

Le jeune homme rougit de fierté.

— Comme tu le sais, les loups enragés sont un fléau en Russie. Le prince d'Oldenbourg, qui est très proche du tsar, a ouvert un laboratoire antirabique à Saint-Pétersbourg. Il veut y pratiquer des vaccinations humaines mais il a besoin d'un technicien expérimenté. Tu seras en charge de l'extraction et la conservation des moelles de lapin et tu formeras les équipes à nos *process*.

Quelques mois plus tôt, il avait confié une mission de ce genre à son neveu qui s'en était tiré comme un chef.

— Le vétérinaire de la garde impériale, le docteur Helman, connaît nos méthodes, poursuivit le savant, mais pour les premiers traitements, il est en effet prudent que tu supervises les choses. J'y vois aussi l'occasion d'étudier la peste bovine qui sévit en ce moment en Russie.

— Merci, mon oncle, balbutia Adrien.

— Ne me remercie pas, je te confie une double mission. Incarner notre laboratoire et représenter la France. Je compte sur toi mon petit.

27

L'été revint et la famille Pasteur retrouva le chemin d'Arbois pour les vacances. Louis eut encore une belle surprise cette année-là en descendant du train. Toute une clique l'attendait, avec fleurs et musique, le maire en tête, entouré des autorités, de la fanfare et des voisins. Tout ce beau monde avait fait une ovation à l'enfant du pays et l'avait accompagné en procession jusque chez lui. Un accueil impérial. Un triomphe.

Marie-Louise, René et leurs deux enfants arrivèrent quelques jours plus tard. Le savant mit immédiatement à contribution son gendre en lui faisant tailler la vigne vierge qui dégoulinait jusque sur le toit. On ne voyait plus à deux pas dans la salle à manger ni dans le bureau, où Louis travaillait tous les jours, vacances ou pas.

Le soir, toutes les conversations tournaient autour du grand projet de Louis. L'Institut. Le domaine de Villeneuve-l'Étang avait constitué un lieu parfait pour héberger la ménagerie, mais c'était loin, malcommode pour les malades, et la vaccination méritait une vitrine au cœur de Paris. Louis savait exactement ce qu'il voulait :

— On y trouvera un laboratoire, un centre de vaccination et un hôpital. Il sera ouvert aux malades, aux étudiants et aux chercheurs du monde entier. Il y aura même une bibliothèque consacrée aux virus, qui réunira toutes les communications scientifiques sur le sujet. Un immeuble solide et imposant. Rien de luxueux mais un bâtiment qui rassure, hygiénique, pratique.

— Genre Louis XIII, suggéra Marie-Louise. Chic et simple. Avec des pierres blanches et des briques, des salles aérées et un jardin pour l'agrément du personnel et des visiteurs.

Louis hocha la tête.

— Ce serait bien. Je vais en parler à Petit, l'architecte. Il a repéré un terrain parfait rue Dutot.

René s'enflammait.

— On distribuera des flyers dans la rue et on insérera des encarts dans les journaux : « Institut Pasteur, le palais du soin », ou « Institut Pasteur, le royaume de la bonne santé ».

Cette fois, Louis éclata de rire.

— Je ne suis pas une clinique de chirurgie esthétique.

— Il faut marquer les esprits ! L'Institut doit devenir incontournable.

— Il le sera, René. En revanche, il nous manque encore des fonds.

— Vous les trouverez, beau-papa, j'en suis certain. Vous avez toujours réussi à atteindre vos objectifs.

— Espérons, soupira Louis. Mais tu sais ce qui me chiffonne le plus ? Que les gens s'intéressent toujours si peu à l'hygiène. L'autre jour, Adrien m'a expliqué qu'à la fac, son prof d'anatomie lui interdisait d'utiliser des pinces ! Ça trifouille la tripaille morte et ensuite, ça se gratte le nez. En 1886, on en est encore là, tu te rends compte ? Malgré mes travaux ! Et ça se dit médecin ? C'est une honte.

— On pourrait imprimer des fascicules d'informations sur l'hygiène, dit René. Genre « Éloigner les microbes – Les dix conseils de Louis Pasteur » et les distribuer dans les écoles. Je vais en parler au ministre de l'Instruction publique. Les bonnes habitudes doivent se prendre jeune !

— Bonne idée ! De toi à moi, je crois que c'est ce que j'ai fait de plus utile. Bien plus que le vaccin contre la rage !

Avec la rage, on était très loin d'un drame sanitaire, même s'il s'agissait de l'une des morts les plus désagréables qui soit – les malades étaient d'ailleurs souvent étouffés pour leur épargner des heures de souffrances. Le manque d'hygiène, en revanche, faisait un carnage. Les hôpitaux étaient considérés comme des antichambres du cimetière. Ce n'était pas un fantasme : les deux tiers des opérés mourraient. Les chirurgiens n'osaient plus intervenir, parce que les malades avaient la quasi-assurance d'en ressortir les pieds devant même s'ils avaient été parfaitement amputés. Certains hôpitaux étaient moins pires que d'autres : Cochin ne comptait qu'un quart de décès grâce à son chef de service, Léon Le Fort, un chirurgien qui avait interdit l'utilisation des éponges et exigeait que son personnel se lave les mains. Une révolution qui avait fait ricaner dans les couloirs. Dans les autres services, les gars continuaient à déambuler toute la journée avec du sang et des bouts de tripes sous les ongles. Pourtant, les chiffres plaidaient en sa faveur puisqu'il comptait 24 % seulement de décès dans sa patientèle, contre 60 % dans les services de ses confrères. Un taux qui ferait tomber dans les pommes n'importe quel statisticien du ministère de la Santé mais une belle victoire dans l'absolu. Autant dire que les médecins amputaient ou entaillaient quand le patient était à la dernière extrémité, c'était l'opération ou la vie, et on ne sortait le bistouri que si on était certain que le patient allait mourir.

— Sans être un expert en chirurgie, murmura Marie, repousser les interventions au maximum ne doit pas non plus aider au rétablissement des malades…

— Sans doute, confirma Louis.

Un toubib, le docteur Déclat, avait bien eu une idée. Asperger les instruments, la table, et même les patients d'une solution à l'acide phénique. Ça désinfectait, mais ça brûlait un peu… Du côté des accouchées, ce n'était guère plus folichon puisqu'une parturiente sur cinq mourait. « La maternité de Paris, avait écrit René dans son ouvrage, semblait aux femmes du peuple comme le vestibule de la mort. » Une inquiétude loin d'être exagérée. En 1864, trois cent dix femmes sur les mille cinq cent trente accouchées y étaient mortes d'infections. Le caniveau apparaissait moins dangereux. Les médecins étaient désespérés, on avait tout essayé : isoler les parturientes, aérer, vider la maternité mais le mal diabolique avait continué à circuler et les malheureuses à mourir comme des mouches en laissant des flopées d'orphelins et de veufs. Jusqu'à Pasteur, personne ne comprenait par quel hasard cette maladie se développait.

L'asepsie et la stérilisation recommandées par Louis étaient le moyen de sauver instantanément des milliers, puis des millions de vies.

— Ça, dit René, c'est plus concret que la forme de l'acide tartrique ! Ça parle tout de suite au grand public. C'est quand même dingue ! Se laver les mains et désinfecter les instruments chirurgicaux sauve mille fois plus de vies que le traitement contre la rage, et tout le monde s'en fiche. Se laver les mains !

— Les hommes sont comme ça, dit Louis, ils ont besoin de spectaculaire. Un loup hurlant est bien plus effrayant qu'un microbe tueur.

— C'est vrai.

— Je ne resterai pas dans les annales pour ça, mais cette victoire sur les microbes est l'un de mes plus beaux souvenirs. Mon Dieu, quelle émotion quand le docteur Guérin m'a invité à l'Hôtel-Dieu pour me montrer son nouveau type de pansement ! Tous ces amputés, ces éclopés, ces braves gens recousus de partout avec leurs petits pansements bien blancs et bien aérés… C'était la plus belle visite de ma vie. J'avais les larmes aux yeux en découvrant son invention. Dire que personne n'y pensait ! Il suffisait de relire les préceptes de Larrey et Heurteloup, les chirurgiens militaires de Napoléon : ils conseillaient déjà de laver les plaies pour les nettoyer de la boue, d'y appliquer de l'eau-de-vie ou du vin chaud, d'utiliser des pansements jetables, mais non, par crainte du bonapartisme, on a effacé ces grands hommes, jeté leurs conseils au feu et transformé pendant cinquante ans les hôpitaux en abattoirs. On a dû attendre 1873 pour des pansements dignes de ce nom ! 1873 ! Alors qu'on aurait pu éviter un carnage à Solférino et bien ailleurs. Le bordel politique qu'on a vécu depuis le début du siècle a fait un mal fou aux Français.

— Et aux Françaises, souligna Marie.

— Ne fais pas ta néo-féministe, ma chérie, quand je dis Français, j'entends Françaises et Français.

— En attendant, dit Marie-Louise, je crois qu'une petite fille voudrait aller cueillir des fraises avec son grand-père.

Louis tourna la tête et vit Camille qui l'attendait au bout du jardin, un panier vide à la main. Il saisit sa canne.

— Quelle bonne idée ! Allons-y, ma poupée.

Pendant ce temps, rue d'Ulm, l'atmosphère n'était pas aux vacances. Ça piquait à tour de bras. Un soir de septembre, en pointant le listing des patients, André Chantemesse, un jeune médecin qui avait intégré l'équipe l'année précédente et auquel Pasteur avait confié une partie des opérations d'inoculations, fit la grimace.

— L'Angliche n'est pas venu. Ça fait la deuxième fois qu'il manque sa piquouse.

Émile serra les mâchoires.

— Et merde. Cet imbécile va nous bousiller nos stats.

L'Angliche s'appelait Joseph Smith et il avait 36 ans. Il avait été mordu par un gros chat. Sans parler du risque de mourir de la rage, son état de santé lui laissait peu de chances de finir centenaire : il toussait, il avait un gros ganglion scrofuleux en haut du cou et des tumeurs sous l'aisselle droite. Son frère l'avait accompagné jusqu'à Paris, le temps de l'installer à l'hôtel et de l'accompagner au laboratoire.

Malheureusement, l'Anglais buvait comme un Polonais. Dès le premier soir, il était rentré ivre mort à son hôtel, alors que Chantemesse lui avait bien stipulé de ne pas boire d'alcool après la vaccination. Les jours suivants, son haleine avait suffi à parfumer la salle de soin à l'eau-de-vie après chacun de ses passages.

— Espérons qu'il vienne demain, soupira Eugène.

Le patient se présenta trois jours plus tard, plus gris et souffreteux que jamais, le blanc des yeux rouges, mais légèrement moins alcoolisé.

— Je suis tombé dans la Seine, avoua-t-il à Chantemesse qui préparait la seringue, et j'étais trop malade pour venir suivre mon traitement antirabique. J'ai eu de la fièvre et j'ai vomi pendant trois jours.

— Vous aviez bu ? demanda le médecin d'une voix plus froide que l'eau du fleuve.

— Presque pas. Juste un peu d'eau-de-vie avec mon copain Édouard, qui travaille à l'hôtel. Il est rigolo, Édouard…

Chantemesse dut faire appel à tout son self-control pour ne pas claquer le décérébré.

— Ne dites rien au patron, souffla Charles, pas la peine de lui fusiller ses congés.

— Évidemment. Prions simplement pour que cet ivrogne survive quelques semaines.

28

— Tu rêves ? demanda Eugène. Tu regardes dans le vide depuis cinq minutes.

Adrien s'ébroua. Avec le retour du froid, il pensait parfois avec un zeste de nostalgie à son séjour russe. Le prince d'Oldenbourg l'avait reçu comme un roi, on l'avait logé au Grand-Hôtel et il faisait trois repas pantagruéliques par jour. Tous les soirs, un jeune capitaine de la garde l'emmenait au mess des officiers, où les grands ducs accueillaient Adrien comme un être fascinant. Tout le monde se précipitait pour lui parler français, le gaver de caviar, lui proposer des promenades sur les bords de la Néva ou lui montrer les premières illuminations électriques de la ville. On l'emmenait au restaurant, au bal, au théâtre. Personne ne l'appelait

« petit », comme Émile avait la manie de le faire, ou ne l'agonissait de conseils, excepté ses parents par courrier, mais ils étaient loin et de toute façon, Adrien leur avait fait honneur. De temps en temps, il jetait un regard ému à la rosette rouge et blanche piquée à sa redingote. Le prince l'avait décoré de l'ordre de Saint-Stanislas. À vingt-quatre ans seulement ! Il n'en revenait toujours pas, ses parents non plus. Il n'avait pas déçu la confiance de son oncle. Il avait travaillé dur au laboratoire. Le responsable, le docteur Helman, était curieux de tous les détails et lui posait une quantité de questions ; les aides-préparateurs étaient de bonne volonté mais ne connaissaient rien et Adrien avait dû leur enseigner les bases. Y compris des règles de prudence, comme la manière de manipuler les seringues pleines de jus de rage – en les chargeant, un aide avait failli lui en envoyer un jet en pleine figure.

Eugène enlevait sa blouse.

— J'ai terminé pour aujourd'hui, je pars.

— À demain.

— Tu devrais rentrer aussi, il est tard. Émile et Charles sont déjà partis.

— Oui, murmura Adrien. J'aide mon oncle à ranger ses notes et j'y vais.

Louis était assis à son bureau et se massait le front.

— Tout va bien, oncle Louis ?

Le chercheur releva les yeux.

— Oui, oui.

— Je vous raccompagne à l'appartement ?

— Ce n'est pas la peine. Je finis de rédiger cette note.

— Bonne soirée, alors.

— Bonne soirée, mon petit, balbutia Louis.

Il avait un peu mal à la tête et commençait à voir trouble. Il jeta un regard par la fenêtre. La nuit était complètement tombée. Il devait rentrer avant que Marie s'impatiente devant son gratin dauphinois et vienne le chercher.

Il prit son chapeau, éteignit les lampes et tira la porte de son bureau. Dans le laboratoire désert, les instruments étaient soigneusement alignés sur les tables.

— Que c'est beau, que c'est beau ! murmura-t-il en faisant sauter ses clés dans sa poche.

La tête pleine de ses dernières notes, il descendit les escaliers en boitant. Il partit sur sa droite, puis à gauche, tourna encore à droite. Il longea le Panthéon et s'engouffra dans la rue Valette, suivant les façades à l'aveugle. Il avançait d'un pas de marionnette, les bras et les jambes désaccordés, le bras gauche presque immobile, le bras droit projetant la canne en avant comme une épée fendant l'air et les deux jambes suivant cahin-caha. Les réverbères projetaient des halos mous sur la chaussée. Les fiacres le frôlaient dans un grondement sourd.

Peu à peu, la brume s'épaissit autour de Louis. Il ralentit, tourna encore, suivant le trottoir du bout de sa canne. Le roulement des voitures s'amplifiait. Il marchait de plus en plus lentement, s'appliquant à suivre le bord du trottoir. Qu'il faisait donc sombre ! Il distinguait à peine les voitures qui passaient.

— Monsieur !

Il sursauta. On lui avait posé la main sur l'épaule et un homme le dévisageait.

— Monsieur, vous vous sentez bien ?

— Mais oui, jeune homme. Nous nous connaissons ?

L'homme avait une redingote, un chapeau bien brossé et un air très aimable mais Louis ne remettait pas son visage.

— Non, monsieur, mais je vous ai vu tourner sur vous-même à l'instant…

— Ah, c'est ça qui me donne mal au cœur, soupira Louis.

Le visage du jeune homme se rapprocha et ses yeux semblèrent énormes à Louis qui retint un vacillement en s'appuyant sur sa canne.

— Où allez-vous ? demanda l'inconnu aux yeux de mouche.

— Je rentre chez moi.

— Où est-ce ?

Louis commençait à trouver ce jeune homme étrange bien curieux mais il répondit tout de même.

— Au 45, rue d'Ulm.

— Vous lui tournez le dos, vous marchez vers Notre-Dame.

D'un air étonné, Louis regarda autour de lui ; le brouillard l'empêchait de distinguer quoi que ce soit.

— Vous êtes sûr, jeune homme ?

— Certain.

L'inconnu pointa un doigt devant lui.

— Vous voyez la flèche ?

Louis ne voyait rien mais il hocha la tête.

— Bien, bien, je vais donc faire demi-tour. Merci, jeune homme, dit-il en soulevant son chapeau.

Et il tourna à droite.

— Monsieur !

— Oui ?

— Ce n'est pas la bonne direction.

— Vous êtes sûr ?

— Certain, dit le jeune homme.

Il posa doucement sa main sur le bras de Louis.

— J'allais justement rue d'Ulm, je vous accompagne.

— Quelle coïncidence, s'émerveilla Louis.

L'inconnu sourit.

— N'est-ce pas ?

29

Marie se dressa d'un bond dans le fauteuil. Louis était toujours là, allongé dans son lit, alors qu'il faisait jour. Elle le secoua doucement, puis de plus en plus fort.

— Louis !

La masse grogna, se retourna et ne bougea plus d'un poil.

— Louis, il est huit heures et demie, tu es en retard.

— Je ne veux pas aller travailler.

Cette fois, Marie resta bouche bée.

— Louis !

Mais Louis faisait le mort, immobile sous l'édredon rouge. Marie sortit de la chambre à reculons, l'œil rivé sur son mari. Il n'avait jamais, jamais, jamais dit qu'il ne voulait pas travailler, pas même l'an dernier, alors qu'il était si malade, ni vingt ans plus tôt après l'attaque qui lui avait paralysé la bouche et l'avait laissé hémiplégique. Au contraire, il pleurait de rage de ne pas pouvoir lui dicter ses lettres ou aller au laboratoire, dans lequel il campait tous les jours dès huit heures du matin.

— Bon, bon, reste bien tranquille.

Elle avait préféré rester dormir dans la chambre de son mari au cas où il aurait été mal, et la nuit passée dans le fauteuil avait écrasé son chignon. Elle se recoiffa à tâtons, lissa son chemisier et courut à la cuisine. La bonne avait allumé la cuisinière et mis l'eau à chauffer ; Marie se prépara un café bien tassé – on économiserait l'argent du ménage une autre fois – et se demanda si elle devait rappeler le médecin. Mais pour lui dire quoi ? Il était venu deux jours plus tôt. Louis n'était pas fiévreux, il ne semblait avoir mal nulle part, il n'avait pas toussé de la nuit ni vomi son repas de la veille – il avait d'ailleurs bu son lait de bonne grâce et s'était couché tôt. Une blague, voilà, il lui faisait une blague.

Rassurée, elle rinça la tasse et retourna à la chambre. Son mari était réveillé et il enfilait sa chemise. Marie retient un soupir de soulagement. Elle s'approcha pour la boutonner.

— Je t'ai préparé ta redingote bleue, elle est plus chaude.

— Merci, ma Mimi. Je vais rester à la maison.

— Tu…

— Je n'ai pas envie d'aller au labo.

Rien n'allait. Louis et Marie étaient mariés depuis près de quarante ans, trente-sept ans exactement et pas une seule fois, pas un seul jour, Marie n'avait vu son mari rechigner à partir au travail. Le jour de leurs noces, son témoin avait même dû lui rappeler l'heure de la cérémonie : Louis était enfermé devant son microscope, à scruter des cristaux, en paletot de coton gris. Après qu'un inconnu eut raccompagné son mari quelques jours plus tôt, elle avait appelé en urgence le docteur Villemin ; le médecin, qui était un ami, avait examiné Louis. Il l'avait trouvé fatigué et l'avait mis au régime mais n'avait pas semblé inquiet.

L'avant-veille et la veille, elle avait accompagné elle-même Louis au laboratoire. Il avait déjà oublié de se réveiller. Lui qui avait le sommeil si léger ! Elle l'avait confié à Adrien, lui demandant de le raccompagner en fin de journée, paniquée à l'idée que son mari se perde à nouveau. Le bon Samaritain qui l'avait raccompagné s'était montré discret et rien n'avait filtré dans la presse, mais qui sait ? Un autre pouvait s'épancher dans tout Paris.

Adrien s'était parfaitement acquitté de sa mission mais avait soufflé à Marie dans le vestibule :

— Il est resté assis toute la journée sans parler. Il n'a pas assisté aux inoculations ni demandé où en étaient les nouvelles expériences.

L'état de Louis prenait un virage inquiétant. Qu'il ne parle pas n'était pas une alerte en soi : il aimait observer en silence. Mais rester assis derrière son bureau sans rien faire, sans lire, sans mettre à jour de notes, et deux jours de suite, cela ne lui ressemblait pas. Depuis un an, il suivait toutes les séances de vaccinations, appelant lui-même les gens qui faisaient la queue pour être piqués, et quand il ne jouait pas le monsieur Loyal, il peaufinait de nouvelles publications. La rage étant démystifiée, la peste l'intéressait beaucoup en ce moment, ce qui amusait Marie. Elle évitait simplement d'en parler à leur fille qui s'inquiétait d'un rien, contrairement à elle.

Il fallait faire quelque chose, mais quoi ? Marie se concentra. Son mariage lui avait apporté une solide culture scientifique. Elle qui adorait la poésie avait écouté des soirées entières des chimistes obsessionnels comme Jean-Baptiste Dumas et Jean-Baptiste Biot disserter sur la lumière polarisée ; elle avait ingurgité dix fois plus de bulletins scientifiques que la plupart des hommes de sa génération et même des suivantes. S'il y avait à Paris une personne au courant du nec plus ultra des soins médicaux, c'était bien elle. Hors de question d'attendre que Louis guérisse par l'opération du Saint-Esprit ou en buvant de l'eau gazeuse. Elle ne pouvait pas demander conseil à Adrien, Émile, ou Charles, la maladie du maître les mettrait au quatre-centième dessous, et René était en voyage. Elle devait trouver une solution toute seule.

Marie remua le problème jusqu'à l'heure du thé tout en surveillant discrètement son mari. Elle lui avait proposé de lui faire la lecture mais il avait dodeliné de la tête et décliné son offre. Il ne se plaignait pas, il était simplement amorphe. Un sac posé dans un fauteuil, l'œil vide, inerte et silencieux.

Elle s'installa à son bureau pour terminer sa correspondance mais l'inquiétude gagnait du terrain et elle alignait machinalement sur le papier des phrases sans queue ni tête. Énervée, elle chiffonna les lettres et les jeta dans la cheminée. Si seulement elle connaissait quelqu'un… un expert… brusquement, elle se rappela qu'elle connaissait un médecin. Un spécialiste d'un genre un peu particulier, mais Louis lui ferait confiance car il était aussi célèbre que lui. Et ce médecin-là suivait son travail depuis des années et soutenait ses expériences, contrairement à d'autres grands noms qui lui jetaient des cailloux parce qu'il n'était pas carabin. Ces nouvelles méthodes qu'elle avait découvertes en lisant la gazette de l'Académie de médecine viendraient peut-être à bout de l'étrange maladie ; et si ces traitements semblaient farfelus, Louis connaissait suffisamment l'intérêt des expériences pour les accepter. Aucune nouveauté ne l'effrayait. Il avait bien fait porter un appareil dentaire à leur fille Jeanne…

Marie prit son chapeau, le parapluie dont elle ne se séparait jamais – une habitude prise lorsqu'ils vivaient à Lille – et sortit. Elle avait soutenu Louis partout, tout le temps et contre tous, elle avait encaissé la mort de leurs petites filles, la disparition de leur fils Jean-Baptiste pendant la guerre de 1870 – Dieu merci, ils l'avaient retrouvé –, elle avait été sa secrétaire durant des semaines alors qu'il parlait avec de la bouillie dans la bouche après son attaque. Elle n'avait peur de rien. Elle comptait bien être à la hauteur sur ce coup-là comme sur le reste. D'un pas vif, elle se dirigea vers la station de fiacres la plus proche.

30

Jean-Martin Charcot, Jièm pour ses amis, vivait boulevard Saint-Germain. Contrairement à Louis, il avait parfaitement concilié réputation et opulence. Le fils d'artisan sellier avait obtenu la première chaire de neurologie, créée sur mesure pour ses travaux et il s'était offert l'hôtel de Varengeville, un bâtiment qui semblait conçu pour recevoir l'empereur en personne et dont la haute façade blanche bouchait l'horizon des promeneurs. Si pour certains la réussite se signalait par une Rolex à cinquante ans, Charcot avait fait preuve d'un peu plus d'ambition. Et d'un meilleur goût. Cerise sur le gâteau, il laisserait son nom à une maladie incurable. Les trotte-menus ne faisaient pas le poids.

Marie monta le perron et sonna. La porte s'ouvrit et un majordome examina la petite dame en noir un peu ronde qui se présentait devant lui. Assurément, ce n'était pas une *lady* comme disaient les Anglais mais ce n'était pas une plouc. Dans le doute et devant l'air assuré de Marie, il l'introduisit au salon et prévint le maître.

Il était dix-huit heures, Jean-Martin sirotait un vieux cognac dans sa bibliothèque en attendant de s'installer devant une tête de veau assaisonnée de haricots du potager. L'annonce de la visite de Marie Pasteur lui fit lever un sourcil. Que pouvait-elle bien avoir à lui dire ? La curiosité lui fit poser son verre et se précipiter vers le petit salon.

Assise dans un fauteuil trop grand pour elle, Marie fixait d'un œil vague la cheminée où brûlaient une paire de bûches. Elle tourna la tête en entendant entrer le médecin. Charcot s'approcha, la main tendue.

— Chère madame, c'est un honneur.

— Monsieur.

— Puis-je vous offrir un verre de madère ?

Elle refusa d'un geste.

— Je vous remercie, je viens pour une consultation. Un conseil, plus exactement.

Charcot était de plus en plus intrigué. Les mains serrées sur le manche de son parapluie, Marie demanda :

— Vous connaissez mon mari, Louis ?

— Tout à fait, je suis ses interventions à l'Académie et j'ai l'honneur d'échanger avec lui sur différents sujets scientifiques depuis quelques années. Il…

— Je suis très inquiète, dit Marie.

L'interruption vexa le médecin mais il garda son sourire tandis que Marie poursuivit.

— Ce matin, Louis n'a pas pu se lever.

— Un coup de froid, peut-être ? Ou trop d'absinthe après le dîner ?

— Jamais de la vie ! Je ne le laisserais pas sortir sans chapeau ni écharpe et il porte de bonnes chaussettes. Il n'a pas de fièvre et il ne sentait pas l'alcool. Il ne boit pas, sauf un verre de vin du Jura au dîner. Non, monsieur, c'est plus grave. Il s'est perdu en sortant du laboratoire il y a trois jours, heureusement, un passant l'a raccompagné. Il semblait…

Elle chercha ses mots.

— Absent ? suggéra Charcot.

— Voilà. J'ai fait venir notre médecin de famille qui connaît bien Louis, il a diagnostiqué un épuisement général et l'a mis au régime pour reposer son organisme : pas de pain ni de viande, du lait exclusivement. Mais les choses ne s'améliorent pas, monsieur. Avant-hier, j'ai dû le réveiller pour qu'il parte au laboratoire et aujourd'hui, il a carrément refusé d'aller travailler.

Cet après-midi, il s'est assis à la table de la cuisine et a décidé d'y rester. Il voulait me dessiner en train de battre la crème. C'est incompréhensible. Ensuite, il s'est installé au salon et n'a plus bougé.

Elle reprit son souffle.

— Il a eu une attaque il y a vingt ans, je connais les signes ; cette fois, c'est différent.

Le médecin s'était assis face à Marie ; son attention avait monté d'un cran.

— Il est coutumier du fait ?

— Lequel ?

— Dessiner.

— Il voulait être peintre quand il était petit, il m'a croquée une ou deux fois avec les enfants mais c'était il y a trente ans. Maintenant, il n'a plus le temps de s'amuser. Vous savez ce que c'est.

Elle hésita, puis murmura :

— J'ai lu tous vos articles. Je crois que Louis nous bricole une maladie nerveuse. Ces trois dernières années, la mise au point de la prophylaxie de la rage l'a terriblement stressé, et là, nous bouclons la levée de fonds pour ouvrir enfin un institut. Il ne doit pas craquer maintenant. Vous êtes le meilleur spécialiste au monde des maladies des nerfs, si quelqu'un peut le soigner, c'est vous. Il vous connaît, il a confiance en vous, il suivra votre avis.

Charcot fut flatté. Il se rappelait son voyage à Londres avec Pasteur, à l'occasion de ce fameux congrès international de médecine en août 1881. Tous deux étaient invités d'honneur, Pasteur avait été ovationné et couvert de cadeaux, ce qui avait légèrement vexé Jièm qui s'était senti la cinquième roue du carrosse. Malgré tout, il avait toujours soutenu les interventions de Pasteur, à l'Académie de médecine comme dans les dîners en ville, le chimiste lui avait demandé son avis sur différents sujets médicaux, comme par exemple l'intérêt de la vivisection ; aujourd'hui, c'était vers lui, Jièm, que la femme du grand savant se tournait pour obtenir de l'aide.

Il réajusta son gilet et redressa son torse massif.

— Dites à votre mari que je l'attends dès demain à l'hôpital, à l'heure qui lui conviendra.

— On le reconnaîtra. Je ne veux pas qu'on le voie chez… chez…

— Chez les zinzins, compléta le neurologue. Je comprends.

Sa satisfaction d'être consulté redescendit comme la barre de mercure dans un thermomètre. Marie Pasteur n'avait pas tort : l'arrivée au service de psychiatrie du célèbre chimiste ferait causer dans toute la Salpêtrière et dès le lendemain, les crieurs de journaux hurleraient dans la rue : « Pasteur interné, dernière édition ! » La moitié de Paris serait horrifiée, l'autre écroulée de rire. Charcot imagina le succès qu'il aurait remporté en exhibant le savant lors de l'une de ses leçons de clinique à l'hôpital, puis chassa à regret ce fantasme.

— Votre mari me consultera donc ici.

— Il risque de croiser l'un de vos amis et vos domestiques le reconnaîtront, ce serait la Bérézina ! Surtout en ce moment ! Il a déjà Raspail, Guérin, Peter et tous les autres sur le dos, on l'accuse de tuer des enfants en leur collant la rage, que tout le monde sache qu'il voit un psy, ça l'achèverait !

— Bon.

Charcot fronça les sourcils. Le problème était insoluble. Soigner un patient sans le voir, sans connaître sa maladie, ça devenait compliqué même pour un homme aussi doué que lui : il n'était pas médium. Il savait que Marie Pasteur notait et annotait toutes les expériences de son mari, elle soignait ses chiens et ses cochons d'Inde de laboratoire, mais elle n'était pas toubib. Impossible de lui confier l'exploration des symptômes. Dépité, le neurologue se leva et arpenta le salon, sourcils froncés. Marie le suivait des yeux, les doigts toujours serrés sur son parapluie. Malgré la chaleur du feu, elle avait gardé son mantelet et transpirait à grosses gouttes.

Charcot opéra un demi-tour brutal devant une petite table incrustée de nacre.

— J'ai une solution, s'exclama-t-il.

Il allait confier Louis Pasteur à l'un de ses élèves. Leur silence était acquis, les jeunes avaient trop à perdre en jabotant. Qu'ils soient médecins ou biologistes, philosophes ou chirurgiens, tous étaient prêts à interner père et mère pour se faire remarquer de leur maître bien-aimé. Trahir sa confiance, c'était se tirer une balle dans la tête. Très content de son idée, Charcot se rassit. Il évalua mentalement les hordes de stagiaires qui l'entouraient chaque semaine. Un visage se détacha de la masse. Pierre Janet. Un jeune professeur qui enseignait au Havre. Curieux, passionné par l'hypnose, il venait traîner de temps en temps dans son service à l'affût des cas les plus complexes. Pasteur ne le déconcerterait pas, le savant pourrait même lui inspirer une nouvelle théorie. Et si le vieil homme ne souffrait d'aucune maladie grave, personne ne saurait qu'il avait consulté un psy. Pierre était discret. Oui, le confier à Janet était une excellente idée. Ce serait aussi une manière de tester ses compétences de thérapeute.

31

Marie rentra chez elle rassérénée. Restait à convaincre Louis de se laisser soigner. Elle le trouva assis devant le buffet de la cuisine, en train de regarder des œufs.

— Je m'occupe en attendant que tu prépares une bonne omelette, dit-il en la voyant entrer.

— C'est bien, murmura Marie.

Elle tourna, vira, saisit une poêle et s'assit.

— Le professeur Charcot te fait ses amitiés.

— Ce cher Jean-Martin ! C'est bien aimable à lui.

— Tu ne me demandes pas à quelle occasion je l'ai rencontré ?

— Je devrais ? demanda Louis qui avait fermé un œil pour mieux observer les œufs.

— Ton état m'inquiète, soupira Marie, et le professeur Charcot, à qui j'en ai parlé, propose un traitement.

— Le docteur Villemin m'en a déjà prescrit un que je suis à la lettre ; je bois du lait toute la journée.

— Justement. Charcot propose autre chose. Des séances de travail chez l'un de ses élèves, un jeune homme en qui il a toute confiance.

— Je n'ai pas la tête à travailler en ce moment, dit Louis.

— Il s'agit d'un traitement expérimental, poursuivit Marie.

L'adjectif fit rouvrir l'œil à Louis. Il résistait difficilement à une belle expérience.

— De quel genre ?

— Eh bien, il s'agit de parler.

— Quelle perte de temps, marmonna-t-il en refermant l'œil.

— Mais enfin, Louis, tu ne peux pas rester comme ça ! Le tsar, l'empereur du Brésil, les Italiens, les Anglais, l'Académie, la République, tout le monde attend l'Institut et toi, tu es là, à… à regarder des œufs !

D'un air désolé, Louis leva la tête vers sa femme.

— Je me demande s'ils contiennent des virus.

La poêle dans la main, Marie hésita. Devait-elle en donner un bon coup sur la tête de son mari ? Elle n'était pas certaine que le remède soit pire que le mal mais dans le doute, elle posa l'ustensile et se redressa.

— Je vais préparer le dîner. Sois gentil, va au salon.

Le repas était terminé. Louis, condamné à ingurgiter ses verres de lait, avait regardé sa femme déguster son omelette ; maintenant, installé dans son crapaud en velours vert, il l'observait discrètement. Elle lisait. Avec ses joues rondes, son menton un peu trop marqué et sa silhouette empâtée par les grossesses, elle n'aurait jamais été élue Miss Jura mais elle était plus intelligente que bien des hommes pérorant dans les universités et c'était ce qui avait poussé Louis à la demander en mariage. Sa sœur Amélie était plus souriante mais Marie était plus maline. La première fois qu'il l'avait vue, c'était chez les parents de Marie ; il venait d'être nommé à la faculté de Strasbourg et le doyen, M. Laurent, l'avait invité à dîner comme il le faisait avec tous les nouveaux professeurs. Pasteur deviendrait son gendre mais bien sûr, ce jour-là, personne ne le savait. Assise sagement dans son coin, Marie écoutait avec l'air de tout comprendre et de retenir ses réflexions, tandis que sa sœur jacassait. Louis avait senti que Marie avait un avis bien à elle mais elle était trop réservée pour le partager. Intelligente et discrète. Et elle avait de jolis yeux bleus. On ne trouve pas une perle comme ça sous le premier brin d'herbe venu. Il n'avait pas hésité longtemps. Quinze jours après sa première visite, il avait demandé sa main avant qu'un autre n'y pense. Et il avait eu bien raison. Marie était exactement la femme qui lui convenait. Elle l'avait toujours soutenu et faisait son maximum pour lui faciliter la vie. Elle étiquetait ses habits quand il partait en congrès pour qu'il sache comment s'habiller le matin, l'après-midi ou le soir. Elle suivait les séances de l'Académie de médecine ou de celles des sciences quand il était en déplacement, afin de s'assurer qu'on ne le critique pas ou que l'on cite correctement ses travaux. Elle comprenait ses travaux, même les plus compliqués, elle gérait si bien les comptes qu'il pouvait toujours acheter un petit quelque chose pour ses expériences, elle n'hésitait pas à faire le tour des librairies pour lui rapporter un ouvrage rare. Et en plus, elle le faisait rire. Elle était – presque – toujours de bonne humeur.

Louis s'efforça de déchiffrer le titre du livre que tenait sa femme.

— Qui est donc ce Bel-Ami ?

— Un roman de M. Maupassant paru l'an dernier. Une amie me l'a conseillé. Son héros est abject mais il me rappelle pas mal de petits arrivistes que nous connaissons. Quant aux femmes, il ne les tient pas en très haute opinion. Jeunes ou vieilles, elles sont toutes idiotes ou folles.

— À propos de folie…

La journée avait été étrange, il avait eu l'impression de flotter hors de son corps et maintenant, il se demandait si tout ça était bien normal.

Sa femme se redressa.

— Oui ?

— Qui est ce jeune homme dont t'a parlé Charcot ?

— Pierre Janet.

— Le nom me dit quelque chose.

— Pierre est le neveu de Paul.

— Ah, le philosophe qui enseignait à la faculté de Strasbourg.

Pleine d'espoir, Marie retint sa respiration. Son mari murmura :

— Tu me trouves vraiment fatigué ?

— Je t'ai rarement vu dans cet état. Le vaccin antirabique t'accapare et avec la construction de l'Institut, tu seras de plus en plus débordé. Je pense que tu dois essayer le protocole proposé par Charcot.

Louis resta silencieux un instant qui parut une éternité à sa femme.

— C'est étrange de ne pas se sentir soi-même… Je vais suivre ton conseil et l'avis de Charcot qui est un homme intelligent, dit-il enfin. Tentons ce nouveau traitement.

L'air circula à nouveau dans les poumons de Marie et elle posa son livre.

— J'en suis très heureuse. J'écris tout de suite à Pierre Janet afin de savoir quand il pourra te recevoir.

32

Le cabinet de Pierre Janet n'en était pas un, c'était son salon. L'arrivée du patient mystère lui fit considérer la pièce d'un regard impitoyable. Des piles de notes recouvraient le bureau et le canapé croulait sous les revues philosophiques et médicales. Il poussa les revues sous le canapé et les feuilles derrière le bureau, épousseta les lampes, tira les rideaux, vida les cendriers et secoua les tapis. N'ayant ni femme de ménage ni valet de chambre, il fit l'opération dans le mauvais ordre et la poussière des tapis recouvrit en un instant les globes des lampes qu'il venait d'astiquer avec sa cravate. Tant pis, pensa-t-il, la pièce était toujours plus propre qu'avant et au moins, le patient ne remarquerait pas qu'il s'était mis en frais. Ce « cheval de trait », selon le professeur Charcot, ce Monsieur P., titillait sa curiosité.

L'horloge de cheminée égrena dix coups. Monsieur P. sonnerait d'une minute à l'autre. Pierre vérifia le nœud de sa cravate dans la glace, lustra ses bottines contre le bas de son pantalon et se posta à la fenêtre. Il était trop impatient pour lire ou répondre à son courrier. Qui était donc ce monsieur, se demanda-t-il, en suivant les zigzags des nuages gris au-dessus des toits.

Selon le professeur Charcot, Monsieur P. était dans un drôle d'état. Il semblait perdre la boule, montrait des absences ou un genre de dédoublement. Janet avait une passion pour ce genre de cas. Les dédoublements et les absences le fascinaient. Il se rappelait d'une femme battue par son mari qui avait sauté dans un train pour Marseille, avait failli prendre le bateau pour l'Algérie, avait passé plusieurs mois à Nice et était finalement revenue à Paris sans se rappeler de rien. Elle était tout à fait sincère.

Monsieur P. montrait des troubles depuis quatre jours seulement. A priori, rien d'alarmant. Mais le professeur Charcot avait insisté : on risquait une catastrophe, trois jours d'égarement, c'était impensable pour Monsieur P., un patient *spécial* – et le neurologue avait prononcé le mot en le désarticulant – dont le nom devait rester secret, un membre de l'Académie. L'Académie… mais laquelle ? se demandait Pierre. Elles étaient si nombreuses ! Depuis cinquante ans, les sociétés savantes fleurissaient comme des tulipes. Académie de Paris, de Marseille, Lille ou Lyon ? Académie française, de médecine, des arts ou des sciences ? Monsieur P. était-il un romancier ? Un général ? Un helléniste ? Un compositeur ? Et si Monsieur P. était un célèbre pamphlétaire ? Pire, un chirurgien ? Cela expliquerait l'anonymat imposé par le professeur Charcot…

Le heurtoir fit sursauter Pierre. Il se précipita pour ouvrir. Un homme se tenait sur le palier. C'était un homme d'un modèle tout à fait passe-partout, doté d'un visage morose, d'une barbe grise assez courte, de cheveux encore noirs et d'une grosse ride entre les sourcils. Sa redingote croisée et son chapeau avaient vu plusieurs saisons. Monsieur P. n'était ni Victor Hugo ni Alexandre Dumas – de toute façon, Victor Hugo était mort et Dumas ne ressemblait à personne d'autre qu'à lui-même. Malgré tout, la physionomie de cet homme lui semblait connue. Où l'avait-il donc rencontré ?

Il s'effaça pour laisser entrer Monsieur P. et lui tendit une main que l'autre fixa d'un air dégoûté. Un peu surpris, Pierre escamota sa pogne dans sa poche et le guida jusqu'au bureau-cabinet. L'homme entra en claudiquant. Bien qu'ils soient seuls dans l'appartement, Pierre ferma la porte par principe. Il était très à cheval sur le secret médical et soucieux de mettre ses patients en confiance.

— Asseyez-vous, monsieur.

Appuyé sur sa canne, l'inconnu resta debout et ausculta la pièce d'un regard méfiant.

— Asseyez-vous, répéta Pierre.

— Je préfère m'abstenir de toucher quoi que ce soit, dit l'homme d'une voix lente.

Ça commence mal, pensa le jeune spécialiste. Il se glissa derrière son bureau et tenta de détendre l'atmosphère.

— Nous risquons d'en avoir pour un petit moment ; asseyez-vous, vous serez plus à l'aise et moi aussi. Si vous restez debout comme une quille au milieu de la pièce, j'aurais l'impression d'être un maître d'école faisant la leçon à un garnement.

Le visiteur hésita, puis il sortit son mouchoir, frotta lentement les bras du fauteuil, déplia le bout de tissu avec précaution sur le siège et s'assit.

— Savez-vous qui je suis ?

— Absolument, dit Pierre qui n'en avait pas la moindre idée.

En essayant de ne pas en avoir l'air, ce qui le fit légèrement loucher, il scruta les yeux gris-vert de l'inconnu, deux yeux plombés par des poches de la taille d'un godillot. Ce type ressemblait à Louis Pasteur. Pierre eut un éblouissement. Évidemment. P. comme Pasteur. Ce type *était* Louis Pasteur. Il l'avait croisé plusieurs fois, lorsqu'il était étudiant, dans la cour de l'École normale. Jamais il n'aurait imaginé le retrouver dans son cabinet. Saloperie de Charcot. Il aurait pu lui dire, tout de même, qu'il lui envoyait le plus grand génie scientifique de tous les temps. Pierre reprit d'une voix enrouée :

— Je me suis engagé à la discrétion la plus absolue vous concernant, pour moi, vous êtes Monsieur P.

— Bien.

Janet nota mentalement de maudire son professeur sur dix ou douze générations. Puis il se racla la gorge pour asseoir son assurance.

— Le professeur Charcot pense que je peux vous aider.

— Je me demande si vous êtes assez expérimenté.

— Pardon ?

— Je n'ai jamais entendu parler de vous.

Ne jamais contrarier un malade, se rappela Pierre. Lui expliquer les choses en douceur.

— Je traite des patients du professeur Charcot depuis quelques mois, dit-il en ravalant son ego, mon travail lui semble assez prometteur pour qu'il me les ait confiés. Le professeur Charcot…

— Je sais qui est Charcot, coupa Pasteur. C'est un ami.

Il examina le visage rond du jeune homme, le tapis élimé puis les rideaux.

— J'ai lu l'ouvrage de votre oncle, *De la famille.* Paul écrit très bien. J'aime énormément les lettres et les arts, j'allais beaucoup au musée quand j'étais jeune. Je regrette de n'être pas devenu écrivain. Ou peintre. J'étais très bon dessinateur, vous savez. Je serai peut-être devenu célèbre alors que la chimie, pfff, ça n'intéresse personne.

Pierre étouffa un deuxième hoquet. Le savant était aussi connu que Sarah Bernhardt ou Jules Verne. Le nom de Pasteur était utilisé pour promouvoir des campagnes contre l'alcoolisme, pour l'hygiène et pour l'enseignement. « Net penchant à l'exagération », nota-t-il discrètement dans le carnet ouvert devant lui. Pas assez discrètement pour Louis qui se pencha au-dessus du bureau.

— Qu'est-ce que vous gribouillez ?

— Je prends des notes.

— Ah, tiens, comme moi lors de mes expériences. Suis-je une expérience, jeune homme ?

Cette première séance ne se déroulait absolument pas comme Janet l'avait prévu. D'habitude, le patient arrivait au bout de sa vie, prêt à tout, consulter un philosophe comme faire tourner les tables ou marcher en jetant du gros sel par-dessus son épaule ; Pierre le rassurait, lui posait des questions, le patient y répondait, d'abord un peu gêné, puis se détendait. Les choses avançaient ensuite comme le psychologue l'entendait, patient et guide distinguaient le nœud du problème au milieu de la jungle du passé et, après quelques séances, chacun quittait l'autre rassuré. Une sorte d'accouchement, d'atelier participatif. Pasteur, lui, partait dans tous les sens, sautant des Beaux-Arts à ses diplômes et le cuisinant comme un stagiaire. On va y arriver, pensa Pierre. On va y arriver, on va y arriver.

— Parlons de vous, monsieur.

— Je ne vois pas ce que je peux vous dire. C'est ma femme qui m'a convaincu de venir, elle est persuadée que vous êtes qualifié. Est-ce que je suis gravement malade ? Tenez, dites-moi !

Il ouvrit grand la bouche et tira la langue. Pierre recula.

— Je ne vais pas vous ausculter, monsieur.

— Vous êtes médecin, oui ou non ?

— Pas encore. Pour l'instant, je suis agrégé de philosophie.

Louis referma la bouche et écarquilla les yeux.

— Je me demande ce que je fabrique chez un philosophe.

— Je ne pratique pas cette science, j'ai passé l'agrégation de philosophie parce que c'était la seule formation, enfin, la plus proche de celle que je veux faire mais qui n'existe pas encore.

En s'entendant parler, Pierre trouva ses propres explications très embrouillées. Il rougit.

— Je ne comprends que pouic, marmonna Louis. Vous n'êtes pas clair, jeune homme. Vous êtes *quoi* exactement ?

— Un psychologue.

— Un quoi ??

— Psychologue. Du grec *psychée* et *logos*…

— Je parle grec, je vous signale. L'âme et la parole. Mais je ne comprends toujours pas votre métier.

— Je suis convaincu qu'un problème psychologique peut déclencher des symptômes, comme la fatigue, les vertiges, la dépression. En trouvant ce qui atteint l'esprit, on soulage le corps.

— Drôle d'idée. Le corps est un outil, il suit ce qu'on lui ordonne de faire.

— Justement, d'après votre épouse, votre corps ne suivrait plus.

Louis éclata de rire. Levant la main droite, il se mit à faire les marionnettes.

— Tout fonctionne comme sur des roulettes, jeune homme.

— Et votre main gauche ? demanda Pierre.

— Elle est un peu molle depuis mon AVC. Rien à voir avec votre théorie, là, c'est la mécanique qui a lâché.

— Faisons tout de même un point sur *l'outil*. Avez-vous des vertiges ?

— Non, soupira Louis, l'air pensif. J'ai plutôt l'impression de marcher dans de la mousse. Une sensation très étrange…

Pierre nota.

— Vous dormez bien ?

— Oui, cinq heures par nuit.

— Ce n'est pas beaucoup.

— Dormir est une perte de temps. Si je m'écoutais, je ne dormirais même pas du tout. On est sur terre pour travailler, pas pour faire la sieste.

« Patient hors normes » ajouta Pierre qui avait constaté que l'humain, homme ou femme et quel que soit son âge, préférait la lecture, les promenades ou les après-midis au café à une longue journée de travail.

— Et à table ? Vous mangez bien ?

— Ma femme fait très attention à mon régime. Cinq fruits et légumes par jour.

— Vous buvez ?

— Seulement un verre de vin au déjeuner ou au dîner, rien de mauvais.

— Mme Pasteur a évoqué des suffocations et un pouls irrégulier.

Louis se renfrogna.

— C'est vrai. Elle a fait venir le docteur Villemin qui m'a mis au régime. Du lait jusqu'à amélioration de mon état. Ni viande, ni pain, ni soupe… rien que du lait, matin et soir. Je n'en peux plus.

— Le docteur Villemin vous a ausculté ?

— Oui.

— Donc votre faiblesse, cette sensation d'étouffement et de marcher dans de la mousse n'ont pas une source physiologique.

Le savant haussa les épaules.

— Soit. Quel est votre remède ?

— J'aimerais que vous me racontiez cette journée du 7 octobre.

— Il n'y a pas grand-chose à dire. Le brouillard m'a trompé, je me suis égaré, voilà tout.

— Mais le lendemain, vous aviez du mal à vous lever ? Comme si vous n'aviez plus de forces ? Vous n'avez plus de goût à rien ?

— C'est vrai, dit Louis. J'étais mou, mou, mou comme un ris de veau.

— Et aujourd'hui, comment vous sentez-vous ?

— J'ai du mal à réfléchir, on dirait que mon cerveau est vide. Mais c'est ce lait… tout ce lait ! Beurk. J'ai l'impression d'avoir deux ans.

— Quelque chose vous oppresse.

— Je ne vois pas quoi.

— C'est normal, monsieur, c'est inconscient, c'est-à-dire hors de portée de votre raison.

— Et qu'est-ce qu'on peut y faire ? demanda Louis avec anxiété. Vous avez un traitement ?

— Il existe des thérapies. L'écriture automatique donne de très bons résultats, mais je vous propose plutôt l'hypnose pour tenter d'y accéder.

Furieux, le savant se redressa.

— Vous êtes fou ?

— Ce ne sera pas douloureux, assura Pierre, vous aurez l'impression de dormir.

— Je sais ce que c'est que l'hypnose, dites, je ne suis pas tombé de la dernière pluie, merci, mais j'ai horreur de dormir, je vous l'ai dit, c'est une perte de temps monstrueuse. Comme manger.

— Vous parlez de travailler : votre femme s'inquiète de votre état de santé qui vous en empêche.

— Elle s'inquiète de tout !

— Vous croyez ?

Louis leva les yeux au ciel.

— Ma femme est merveilleuse, mais elle peut être très pénible. Elle fait de son mieux, mais certaines choses lui échappent. Par exemple, lorsque j'organisais des sorties pédagogiques dans les usines du Nord pour mes étudiants, elle estimait que je baguenaudais au lieu d'avancer sur mes recherches, elle écrivait à mon père que je m'amusais dans le jus de betterave jusqu'au cou. D'accord, je n'étais pas devant mon microscope, mais ce sont les marchands d'alcool qui ont financé mes recherches, pas l'Université. Je leur devais un peu de respect. Bref, je ne vois pas en quoi l'hypnose est un traitement adéquat. Je ne suis pas hystérique.

— Nous devons comprendre ce qui provoque vos absences et votre fatigue. L'hypnose permettra de vous détendre et de laisser parler votre subconscient.

Et comme Louis le fixait d'un air dubitatif, Pierre insista.

— C'est la meilleure méthode. Je l'ai employée à plusieurs reprises et avec des patients atteints de troubles bien plus graves ; les résultats ont été excellents. Vous ne voulez pas perdre de temps mais vous en perdrez bien plus si vous restez dans cet état et ne pouvez pas aller au laboratoire.

La dernière phrase électrisa Louis. L'observation des œufs dans la cuisine l'avait lassé.

— Personne n'en saura rien ? demanda-t-il d'une petite voix.

— Je vous le promets. Vous êtes le patient Monsieur P. et votre nom n'apparaîtra jamais dans mes notes.

— J'ai des ennemis. Ces gens qui me traitent de chimiâtre allumeraient des feux de joie, danseraient autour et jetteraient mes cahiers de laboratoire au milieu s'ils apprenaient que je me fais hypnotiser.

— Évidemment, dit Pierre. Ce n'est pas parce que je n'ai pas encore soutenu ma thèse que je ne respecte pas le secret médical.

— Bien. Nous verrons cela demain.

— Pourquoi pas aujourd'hui ?

— Vous ne croyez pas que je vais m'allonger sur votre sofa plein de microbes ? Je reviendrai avec une protection hygiénique. Et vous devriez surveiller votre femme de ménage : il y a une toile d'araignée entre la tringle à rideaux et le plafond. Savez-vous combien de poussières on trouve sur une toile d'araignée ?

En refermant la porte derrière son patient, Pierre ne savait pas encore s'il devait maudire ou bénir Charcot mais une chose était évidente : Louis Pasteur apparaissait comme un beau cas psychologique, un cas d'école. En l'observant, Pierre avancerait à pas de géant sur sa thèse.

33

Le docteur Chautemps était vice-président du Conseil de Paris. Il était aussi admiratif des travaux antirabiques de Louis Pasteur, qui contribueraient à éradiquer l'un des fléaux touchant la capitale. Ce 10 octobre, il était donc heureux comme un pou sur une brosse d'expliquer à ses concitoyens les avancées du chercheur.

La conférence était organisée dans un amphithéâtre de la Sorbonne. À l'entrée, des militants antivax tentaient d'évangéliser les participants en distribuant à la criée des tracts intitulés « La nécrologie de M. Pasteur ». Ils répertoriaient trente-cinq personnes décédées après leur passage au laboratoire antirabique. Ces arguments ne semblèrent pas ébranler l'intérêt des participants qui s'entassèrent sur les bancs et jusque dans les couloirs pour écouter M. Chautemps.

Le conférencier connaissait son affaire. Avec un enthousiasme débordant et une avalanche de chiffres, il détailla à ses deux mille auditeurs les résultats de la nouvelle méthode de prophylaxie de la rage proposée par Pasteur. Ce traitement, expliqua-t-il, avait sauvé cette année la vie de cent quarante-cinq personnes.

— Il n'y a jamais eu cent cinquante morts de la rage par an, lança une jeune femme.

Toute la salle se retourna. Debout, les bras croisés, Marie Huot fixait l'orateur, qui soupira.

— On m'avait prévenu que des personnes de mauvaise foi viendraient troubler ma conférence.

Un vieux monsieur, qui ne trouvait plus ses lorgnons, se pencha vers son voisin.

— Mais qui est-ce ? demanda-t-il.

— Mme Louise Michel.

— Mais non, dit la femme assise derrière eux, c'est Mme Huot, celle qui a agité des crincrins à l'inauguration de la statue de Claude Bernard.

La foule s'agitait.

— Je reprends, dit M. Chautemps, haussant la voix pour dominer la houle montante. Donc, dans les cinq premiers mois de l'année, la préfecture de police de Paris a relevé quatre-vingt-un cas de morsures par chiens enragés. Les statistiques de M. Dujardin-Beaumetz nous montrent que, pendant les cinq dernières années, douze personnes par an sont mortes de la rage dans les hôpitaux de Paris. Depuis onze mois, c'est-à-dire depuis la découverte de M. Pasteur, deux personnes seulement sont mortes ; et encore n'avaient-elles pas été vaccinées. Je vous laisse conclure… et applaudir cette quatrième victoire de M. Pasteur contre les maladies.

Marie Huot fit mine d'applaudir.

— Une victoire contre rien, quelle belle réussite. Bravo à don Quichotte.

— La plus grande des victoires de M. Pasteur reste d'avoir résisté à tous les enragés, rétorqua l'orateur.

La salle applaudit et tapa des pieds pour marquer son approbation. Le vacarme était tel que personne n'entendit Marie répondre.

— Allez, sortez-la, cria un jeune dandy aux moustaches dressées comme des poignards.

— Oui, dehors, la grenadière !!

On commença à se lever, à se bousculer vers le fond de l'amphithéâtre. On accula Marie Huot vers la porte. Des mégères la traitèrent de virago, des bourgeois de poissonnière, et on la poussa sur le trottoir. Bousculée par la foule, Marie Huot ne pouvait ni avancer ni reculer. Sa bouche se mit à trembler. Le jeune homme qui l'accompagnait tenta de l'extraire du groupe.

Un vieil homme qui arrivait en sens inverse entendit les cris et vit le visage effrayé de la jeune femme. Il s'approcha. Les excités reconnurent le fameux Ferdinand de Lesseps, surnommé le Grand Français, aussi célèbre et admiré que Pasteur. Intimidés, ils reculèrent.

— Allons, laissez passer cette dame.

Il ôta son chapeau pour saluer Marie, la prit doucement par le bras et l'entraîna le long du boulevard à la recherche d'une voiture. La foule suivait, hésitante. De Lesseps finit par trouver un fiacre vide qu'il héla.

— Merci pour votre aide, murmura-t-elle en montant dans la voiture.

Le vieil ingénieur sourit avec malice.

— C'est tout naturel, madame, dit-il s'asseyant en face d'elle. Vous exécrez Pasteur que je vénère, mais ce n'est pas une raison pour me conduire comme une bête, n'est-ce pas ?

La bruyante amie des animaux déposée chez elle, Ferdinand demanda au cocher de l'emmener rue d'Ulm. Le barouf du jour ferait la une de la presse et le vieil homme tenait à rassurer Pasteur en lui expliquant que Marie Huot n'était pas si dangereuse qu'elle en avait l'air. Charles, qui fumait dans la cour, lui signala que le patron n'était pas là.

— Il est malade depuis plusieurs jours.

Ferdinand hésita, puis alla sonner à l'appartement. Il craignait que Pasteur ne souffre d'une nouvelle attaque. Marie l'accueillit avec beaucoup d'amabilité. Elle le rassura : Louis avait mal au dos, rien de grave, d'ailleurs, il était chez le kiné pour ses exercices. Mais elle ne proposa pas à Ferdinand d'attendre son retour.

— Vous lui présenterez toutes mes amitiés, dit Ferdinand, un peu déçu.

— Je n'y manquerai pas. Il sera ravi. À bientôt, mon cher Ferdinand.

34

Pierre guetta l'arrivée de son patient avec autant de nervosité que la première fois. Monsieur P. semblait peu enclin à parler. Il avait accepté d'être hypnotisé mais une trop grande mauvaise volonté pouvait faire capoter le travail. Et qu'est-ce qu'il dirait à Charcot ? « J'ai raté la thérapie de Pasteur » ! Il aurait l'air malin…

À dix heures précises, on sonna. Louis était sur le palier et serrait un drap roulé sous son bras droit. Pierre était décidé à s'accrocher pour éviter la fuite de son célèbre patient. Une réponse après l'autre, Pasteur comprendrait peut-être qu'il avait intérêt à être dans son cabinet plutôt qu'assis chez lui. Comme Pierre était psychologue, il l'invita à s'asseoir en face de lui. Louis hésita. Son plaid toujours sous le bras, il s'installa du bout des fesses dans le fauteuil.

— Nous ne commençons pas la séance d'hypnose ?

Sa voix transpirait la déception. Il s'était fait à l'idée. Il avait consulté Janet un peu pour faire plaisir à sa femme et beaucoup par intérêt. On était mercredi, le veille du jeudi et le jeudi, habituellement, Marie préparait son plat préféré, saucisson chaud-purée, qui lui rappelait sa jeunesse. Villemin l'en privait. Pasteur n'était pas gourmand mais le lait commençait à lui sortir par les yeux. En cinq jours, il en avait bu jusqu'à plus soif et il se sentait de plus en plus nauséeux. Une diète complète aurait été moins insoutenable. Le régime de Villemin lui donnait envie de se pendre à un réverbère, il aurait donné n'importe quoi pour une côtelette et des frites. Si Janet et ses étranges thérapies avaient le pouvoir de lui rendre des repas dignes d'un homme et non d'un nourrisson, il était prêt à s'allonger sur son divan. Et même à faire le poirier.

— Un peu plus tard, dit Pierre. Expliquez-moi d'abord quel projet vous occupe en ce moment ?

Louis hésita. Du doigt, il caressa le mouchoir posé sur ses genoux.

— Eh bien, dit-il d'une voix lente, j'en avais plusieurs. Je crois que le plus important était la création d'un établissement.

— De quoi s'agit-il ?

Louis ferma les yeux. Était-ce si important, finalement ? Il ne savait plus.

— Un lieu consacré à la prophylaxie de la rage.

— Pourquoi cette maladie ? demanda Pierre. La rage tue à peine une centaine de personnes par an.

— Je ne sais pas… je me disais que c'était une centaine de trop.

— Et la faim ? La grippe ? La tuberculose ? La typhoïde ?

Irrité, le savant renifla. Ce Janet parlait comme Émile.

— Bon, admit-il, la rage est plus télégénique. Rien n'est plus effrayant. Je tenais à attirer l'attention sur nos travaux. À faire le buzz. Les politiques et beaucoup de scientifiques ne réalisent pas le potentiel des virus atténués. Ce qui a fonctionné pour les poules et les moutons fonctionne pour les hommes, j'en suis certain.

Il ne s'étendit pas sur ses échecs, celui concernant la fièvre jaune, qui avait tourné au jus de boudin, faute de malades à se mettre sous la dent, et sa quête du choléra. Une autre tentative douloureuse. Quelques mois après son périple bordelais, des cas de choléra avaient été signalés au Caire. Des malades comme s'il en pleuvait. Cinq cents personnes mouraient par jour. Louis avait aussitôt organisé une mission scientifique afin de ramener du sang frais et bien contaminé. Lui-même était trop fragile pour partir mais Louis Thuillier, l'un de ses éléments les plus prometteurs, s'était porté volontaire avec Émile. Mal lui en avait pris puisqu'un mois à peine après avoir posé le pied à Alexandrie, le dévoué jeune homme avait attrapé le fameux virus ; il en était mort en trois jours, vidé comme un lapin. Fin du *game* pour la maladie numéro 2. Pour une fois, ce satané Koch avait été correct : lui aussi était en Égypte avec une équipe allemande, et ils avaient organisé de belles funérailles au pauvre Thuillier mort pour la science.

— La rage, Janet, c'est bien plus facile à maîtriser qu'il n'y paraît. Il suffit d'être rigoureux et de maîtriser les durées d'incubation. La rage naturelle n'a pas la même virulence que la rage cultivée.

Entraîné par le sujet, il se lança dans le détail du protocole. Janet réprima une grimace en entendant parler de trépanation et de râbles sciés en morceaux.

— Mais ces animaux souffrent ?

— On n'a pas le choix, dit Pasteur d'un ton las. Croyez-moi, j'ai souffert et je souffre encore à chaque opération.

Moins que les lapins, tout de même, songea Pierre.

— Contrairement à ce que prétendent cette Mme Huot, cette Mme Michel et tous leurs amis des bêtes, poursuivit le savant, ça ne m'amuse pas de leur trouer le crâne ! Les gémissements des chiens me mettent la larme à l'œil. Moi vivant, on ne les torturera pas gratuitement. Ils sont anesthésiés et traités le mieux possible jusqu'à leur mort, j'y veille personnellement. À Villeneuve-l'Étang, j'ai découvert qu'un aide fainéant comme un pou négligeait de nettoyer les cages des lapins : il se contentait de rajouter du foin par-dessus la crotte. Les pauvres bestioles vivaient sur trente centimètres de fumier. C'était une honte. Je l'ai viré, évidemment.

— Évidemment, murmura Pierre. Vous chassez ?

Le visage de Louis se crispa.

— Jamais de la vie, je suis incapable de tirer sur une bête innocente. Mais au laboratoire, les animaux permettent de sauver des hommes, et ces antivivisectionnistes oublient combien de poules, de moutons, de chevaux j'ai sauvés d'une mort effroyable grâce à mes vaccins !

Il se redressa, rouge de colère. Pierre leva la main d'un air apaisant mais rien ne pouvait calmer son patient, qui poursuivit avec véhémence :

— Vous les verriez, agglutinés aux portes de mes conférences ! Ils brandissent leurs petites pancartes en me traitant de sauvage alors que des milliers de poulets et de cochons me doivent la santé, la vie ! C'est un comble, tout de même !

— Je comprends, dit Pierre d'une voix douce.

— Évidemment, marmonna Louis en se renversant contre le dossier du canapé. Vous êtes un scientifique, vous, vous calculez le bénéfice-risque, pas comme tous ces imbéciles qui n'écoutent que les miaulements de leur chat. Bref.

Il reprit le fil de son explication. Une fois prélevés, tous ces bouts de moelles de lapin étaient rangés par ordre chronologique dans de petits flacons soigneusement étiquetés ; après un à quinze jours de séchage, ils étaient testés un par un sur un panel d'une dizaine de chiens. Il avait longtemps hésité avant de passer à l'homme.

— C'était tentant mais c'était quitte ou double, vous comprenez, Janet ?

Pierre hocha la tête. Il saisissait parfaitement les angoisses de son patient. Lui aussi jouait son va-tout en affirmant qu'il existait autre chose au-delà de la neurologie et que la psychologie était l'avenir. La grande différence, c'était qu'il ne menaçait de tuer personne, les malades dont il s'occupait étant déjà considérés comme des déchets de la société ; ils poussaient la porte de son cabinet – avec une chance d'en ressortir en meilleur état – ou restaient dans la poubelle commune.

— Le petit Joseph Meister est arrivé comme un miracle, poursuivit Louis. Un coup de pied du destin. Passer du singe au petit garçon présentait un risque mais la mère m'a supplié de sauver son fils. Je me suis laissé attendrir; Vulpian et Grancher estimaient qu'inoculer le petit était la meilleure option.

— Comment avez-vous vécu ces deux semaines de traitement?

— Bien.

D'une chiquenaude mentale, il chassa le souvenir de ses quinze nuits agitées et reprit d'une voix ferme:

— Joseph était très heureux avec nous. Il avait une ménagerie pour lui tout seul. Il jouait avec les souris, les lapins et les cochons d'Inde du laboratoire, il disait que les souris ressemblaient à des boules d'ouate, et les cochons d'Inde, à des châtaignes. Il est parvenu à nous extorquer un lapin. Pas enragé, bien sûr. Et la grâce de plusieurs cobayes.

Par acquit de conscience, le docteur Grancher avait emmené le petit dix jours en convalescence dans sa maison de campagne, mais il n'y avait plus rien à surveiller; Joseph se portait comme un charme.

— Depuis, le petit m'écrit régulièrement et je lui envoie un peu d'argent pour ses étrennes, bref, nous sommes devenus amis. Et savez-vous le plus beau?

L'Alsace et la Moselle ont lancé une grande souscription pour l'Institut. Le petit a donné des sous.

Louis cligna des yeux pour étouffer une larme, encore bouleversé par le geste.

— Comment imaginez-vous cet Institut ? demanda Pierre.

— Il sera le temple de toutes les maladies infectieuses. L'établissement de Paris doit être une première étape. Il faudra un Institut au Caire, au Brésil, au Cap… La Russie a déjà ouvert un laboratoire à Odessa et un autre à Saint-Pétersbourg. Partout où la rage existe.

« Mégalomanie ? » nota Pierre. La sonnette de la porte d'entrée le fit sursauter. Surpris, il consulta l'horloge sur la cheminée : une demi-heure s'était déjà écoulée. Absorbé par la discussion avec son patient, il n'avait pas vu le temps passer.

Louis chercha sa canne et se leva.

— C'est certainement mon neveu qui vient me chercher.

— Nous nous retrouvons mardi prochain à la même heure, si cela vous convient.

— Pourquoi pas dès demain ? Plus vite ce sera terminé…

Après tout, s'il s'agissait de parler de ses travaux, cette thérapie n'était pas si effrayante.

Mais Pierre secoua la tête.

— Il faut laisser votre esprit travailler, monsieur. Une séance par semaine, c'est le maximum.

— Que les choses avancent avec lenteur, soupira Louis.

35

Une pluie fine s'était mise à tomber. À l'abri dans le fiacre qui tressautait sur les pavés, Marie se répétait ses arguments. Un petit geste financier, une grande avancée pour l'humanité. Elle se rendait en visite chez la femme d'un sénateur, l'occasion de rencontrer des amies de son hôtesse et de les convaincre de faire un don pour l'Institut.

Les *visites* étaient réglées selon des lois strictes. Chaque femme de la bonne société avait son *jour*. Marie Pasteur recevait le mardi. Nos aïeules n'avaient pas de machine à laver mais elles avaient du bon sens et tenir salon était une excellente façon de réduire sa charge mentale, puisqu'on éclusait toutes ses invitations en un après-midi. On briquait le salon, on se pomponnait, on confectionnait des gâteaux – c'est-à-dire qu'on les faisait faire à sa cuisinière –, on prévoyait du thé en quantité suffisante et on attendait les invités. Le rituel était très codifié. La place la plus éclairée était réservée à la personne la plus titrée – ou à un évêque –, l'hôtesse s'installait à un endroit très précis de son salon, généralement près de la cheminée, de manière à voir entrer tous les invités mais sans leur faire d'ombre. Plus le rang social de la personne était élevé et plus elle recevait tard dans l'après-midi. Marie Pasteur se demandait parfois où elle se situait sur cette échelle mystérieuse. Fille de professeur et épouse d'un directeur de laboratoire à l'École normale, elle pesait plus que la femme d'un médecin mais moins que celle d'un député. Pourtant, le jour où le député sauterait, sa femme serait rétrogradée derrière Marie Pasteur, à moins d'être issue de la vieille noblesse ou d'être dorée sur tranche. L'argent faisait miraculeusement sauter quelques marches.

Avec un soupir, elle baissa les yeux sur ses mains croisées et vérifia que ses gants soient impeccables.

— Vous êtes arrivée, Maââme.

La voix râpeuse du cocher la tira de sa rêverie. Elle ouvrit son réticule, tendit le compte exact et descendit en évitant les flaques d'eau sale. En avant Guingamp.

Marie perçut le bruissement des voix dès le vestibule. Duchesse et femme de sénateur, Mathilde trônait sans aucun doute sur le premier barreau de l'échelle. Son salon était prisé : on y croisait des poétesses, des actrices, des princesses et des générales, tout un mic-mac que son sang bleu l'autorisait à mélanger sans chichis. Cet après-midi-là, Marie espérait rencontrer Marguerite Boucicaut et la remercier de son don. La propriétaire du Bon Marché, dont le compte en banque était si bien garni qu'elle aurait pu croquer des pièces d'or au petit déjeuner, avait signé un chèque de deux cent cinquante mille francs pour la création du futur Institut Pasteur. Le parcours de cette femme impressionnait Marie. Marguerite Boucicaut était née affreusement pauvre dans un hameau perdu de Bourgogne et, tare supplémentaire, de père inconnu. Elle avait survécu avec sa mère en gardant des oies et n'avait pas mis les pieds à l'école. La pauvreté devenant de plus en plus criante, la mère de Marguerite l'avait expédiée à Paris chez un oncle porteur d'eau. C'était ça ou mourir de faim au fond de leur cahute. Marguerite avait douze ans. Elle avait travaillé comme blanchisseuse, économisé chaque sou gagné en frottant des chemises et était parvenue à se mettre à son compte en ouvrant un petit bouillon. Un client avait alors changé sa vie : Aristide Boucicaut.

Vendeur au Petit Saint-Thomas, une boutique d'effets pour dames, le jeune homme venait déjeuner régulièrement chez Marguerite et il était tombé amoureux d'elle. Sans doute avait-il reconnu en la patronne une femme aussi dynamique que lui. Quelques années et péripéties plus tard, les deux tourtereaux avaient ouvert leur propre magasin, Au Bon Marché. Le concept avait créé l'hystérie. C'était la première boutique en libre-service, la première à proposer une telle profusion de nouveautés et à permettre une expérience de shopping intégrale, des chaussettes au chapeau. D'ailleurs, Marie adorait y acheter des bricoles : les prix défiaient toute concurrence, surtout lors des promotions. De fil en aiguille, Aristide et Marguerite avaient fait construire un nouveau magasin. Immense. Marguerite elle-même avait posé la première pierre. Trente ans après sa création, le Bon Marché était passé de douze à mille huit cents employés. Marguerite était devenue millionnaire. Elle avait perdu coup sur coup son mari et son fils mais elle n'avait pas oublié les années de vaches enragées : elle avait créé une caisse de prévoyance pour les employés et arrosait généreusement les écoles, les hôpitaux, les musées ou les maternités. Marguerite Boucicaut tordait le cou à toutes les Nana de cet affreux Émile Zola. On pouvait naître pauvre et illettrée sans tomber dans la picole et mourir dans le caniveau.

Marie confia son manteau à une femme de chambre et entra dans le salon. Une multitude de lampes éclairaient la pièce et les feux de deux cheminées en vis-à-vis réchauffaient l'air. Assise sur un canapé recouvert de velours rouge, Mathilde écoutait d'un air concentré une vieille dame à mèches et à moustache grises. Elle agita discrètement ses doigts en direction de Marie. Celle-ci lui répondit d'un sourire puis regarda à droite et à gauche si elle reconnaissait un visage. Un groupe de jeunes femmes pouffait autour d'un guéridon.

Une silhouette surgit devant elle, moulée dans une robe en satin bleu.

— Chère Marie !

— Chère Clotilde !

Les deux femmes s'étreignirent affectueusement puis Clothilde entraîna Marie vers deux sièges.

— Raconte-moi.

D'une voix enthousiaste, Marie détailla les derniers progrès de ses petits-enfants. La petite Camille lisait à ravir, et son gendre chéri, ce cher René, écrivait un futur chef-d'œuvre.

— Et Louis ? A-t-il reçu une nouvelle décoration ?

Marie avoua. La collection de colifichets de son mari se portait à ravir, il continuait à entasser les médailles et les distinctions honorifiques. Il avait ramené une superbe médaille d'une exposition canine et reçu une couronne civique décernée par la Société d'encouragement au bien, que Marie avait accroché aux rideaux du lit.

— J'ai l'impression d'être une impératrice romaine qui dort sous des lauriers. C'est chic, non ? Mon gendre me répète qu'en assemblant toutes les écharpes reçues, je pourrais bientôt confectionner un habit d'Arlequin à mon mari…

Elle se garda bien d'avouer que Louis suivait un traitement expérimental et qu'il ne reconnaissait plus sa main droite de sa main gauche, un comble pour un homme qui avait révélé au monde entier la dysmétrie des molécules. Tout en discutant, elle jetait de discrets regards vers la porte mais aucune Marguerite ne se présenta.

Mathilde la présenta à quelques visiteuses, mais en discutant avec elles, Marie comprit que toutes croulaient déjà sous les sollicitations et les bonnes œuvres.

En rentrant, elle trouva son mari dans une position incongrue, allongé sur le canapé, les yeux grand ouverts, regardant bêtement le plafond. Mais plus rien ne la surprenait.

— Comment s'est passée ta visite ? lui demanda-t-elle en enlevant ses gants.

— Bien. Et la tienne ?

— Bien.

Ce n'était pas le moment de lui dire qu'elle rentrait les mains vides.

De son côté, Louis était si fatigué qu'il n'avait pas résolu son dilemme : arrêter de travailler ou retourner travailler. Il se tourna sur le côté pour mieux réfléchir et s'endormit sans s'en rendre compte.

36

Après une semaine passée à errer entre son canapé et son verre de lait, Louis vit arriver sa troisième séance avec un mélange de soulagement et d'exaspération. Il se sentait fatigué le matin et épuisé le soir, et pourtant, il ne faisait rien. Mais vraiment rien de rien. Il en était le premier étonné mais rien ne lui faisait envie. Quand il se réveillait, il rêvait de traverser la rue et de retrouver le laboratoire mais à peine ses bottines enfilées, il se demandait pourquoi et à quoi bon. Les projets en cours lui semblaient lourds comme du plomb. Il ne savait même plus où il les avait arrêtés. Alors il s'installait dans son fauteuil et regardait par la fenêtre les nuages en écoutant le tic-tac de l'horloge.

Une nuit, incapable de s'endormir, il avait repensé à son séjour au château de Compiègne. Napoléon III l'avait invité avec le gratin : le romancier Jules Sandeau, l'architecte Viollet-le-Duc, l'ambassadeur de Russie et celui de Prusse… Louis avait trépigné de joie en brandissant la lettre.

— Regarde-moi, ça, Marie ! C'est la classe !

— C'est surtout l'occasion de rappeler tes travaux à l'empereur et de décrocher une bourse, avait souligné Marie qui gardait la tête sur les épaules.

— Tout à fait, ma chérie.

Marie avait préparé la valise de son mari et comme d'habitude, elle avait épinglé une étiquette sur chaque tenue : « habit n° 1 », « habit n° 2 », « habit n° 3 ».

— S'il y a un bal, avait-elle crié de la chambre, porte la jaquette n° 3 !

Louis, qui était étourdi comme un poulet, était capable de se pointer au dîner en blouse de travail. Mais il n'avait pas entendu, il était déjà en train de déplier des chemises pour emballer son microscope et ses lamelles afin de les emmener sans casse.

Il était arrivé dans un château tapissé de dames à crinolines et à bouclettes et de messieurs à barbichettes et à monocles. Avec sa redingote en drap noir et sa canne en bois, Louis faisait un peu tache, mais il avait pensé à son père, il avait redressé le torse, fait mine de rien, et s'était concentré sur son plan. Obtenir une nouvelle mission.

Pendant que tout le monde fumait des cigares dans les salons et suivait les chasses à courre dans les bois, il s'était enfermé dans sa chambre et avait déballé son matériel. Puis il était descendu aux cuisines, où les mitrons avaient été un peu étonnés de voir déambuler l'un des invités de Sa Majesté.

— Excusez-moi, je cherche le sommelier.

— Ah, il est à l'antichambre.

Louis avait débusqué l'expert entre deux étagères et lui avait demandé :

— Auriez-vous quelques bouteilles de vin frelatées ?

L'autre avait levé les yeux au ciel.

— Mon pauvre monsieur, vous êtes chez l'empereur ! Ici, on jette le mauvais vin !

En fouillant bien, il était parvenu à dégotter une demi-douzaine de litrons mis de côté pour faire du vinaigre.

À l'heure du thé, le savant était prêt. Il avait brossé ses souliers et s'était fait annoncer chez l'impératrice. Il lui avait proposé une démonstration de ses dernières découvertes. Avec sa voix morne et ses gestes lents, Louis savait qu'il n'avait rien d'un tribun ; ces défauts n'effarouchaient pas ses collègues mais il soupçonnait l'impératrice d'être moins sensible qu'eux aux subtilités d'un exposé de chimie. Il avait donc misé sur du concret et imaginé un atelier participatif.

— Avez-vous déjà vu des *infiniment petits*, Votre Majesté ?

L'impératrice avait hésité.

— Eh bien, je ne sais pas… ça ressemble à quoi ?

— Je peux vous en montrer dans une goutte de vin, Votre Majesté.

Eugénie avait battu des mains.

— Ooooh, mais c'est magique, merveilleux ! Voyons ça.

Elle s'était précipitée sur le microscope.

— Regardez, mesdames !

Ravie, elle avait invité tout ce beau monde à venir admirer les drôles de dessins qui se formaient dans les gouttes de vin, puis s'était piqué le bout du doigt pour examiner une goutte de sang. Ses copines avaient poussé des cris d'extase, ravies de participer à une expérience aussi originale. Cet émerveillement collectif avait attiré l'attention de Napoléon III.

— C'est magnifique, mon cher Pasteur, avait dit l'empereur. Je n'oublie pas que votre travail sur la conservation des vins a sauvé nos exportations de bordeaux.

Modestement, Louis avait baissé les yeux.

— Merci, Votre Majesté.

— Et tout ceci aurait d'autres fonctions ?

— Eh bien, certainement. On peut l'appliquer à mille choses, j'en suis sûr, il suffit d'un microscope et d'un cerveau. J'ai d'ailleurs commencé à étudier les maladies des vers à soie.

L'empereur avait dressé l'oreille. Il n'avait pas la foudre guerrière de son oncle le grand Napoléon mais il possédait le même sens pratique : pour lui, une nation devait posséder des villes aérées, des moyens de transport rapides, des industries et une agriculture prospères. Il croyait très fort dans le potentiel de la science et plus encore dans celui de la soie. Un secteur économique prioritaire, aurait souligné le ministre de l'Économie, des Finances et de la Relance. Sitôt proclamé empereur, il avait recouvert Fontainebleau de soie. Il était même parvenu à en refourguer à l'impératrice du Brésil pour sa robe de mariée. La moitié de la ville de Lyon mangeait grâce aux petits vers et pédalait sec pour faire tourner les métiers à tisser ; son épouse Eugénie jouait les femmes-sandwichs en portant des robes de soie du lever au coucher et, dans les Cévennes, on s'échinait à fournir quatre fois par jour des tonnes de feuilles à ces minuscules bestioles. En 1853, la France produisait vingt-six mille tonnes de soie, lui rapportant cent trente millions de francs par an ; les épidémies qui avaient sévi sur les vers à soie avaient fait dégringoler la production à quatre mille tonnes. La cata totale. Les éleveurs tentaient de sauver les vers en les aspergeant de poudre de quinquina, de sucre, de charbon pilé ou de farine de moutarde, testant une ribambelle de recettes salées ou sucrées, mais rien n'y faisait : les cocons pourrissaient et les soyeux périclitaient. Ce Pasteur, qui avait déjà rempli avec succès sa mission sur les vins, avait du potentiel, estima l'empereur.

— Cher monsieur, je vous nomme directeur de projet sur les vers à soie.

Louis était rentré fou de joie.

En y repensant, allongé dans le noir, il avait eu les larmes aux yeux. Il avait convaincu un empereur et aujourd'hui, il n'était même plus capable de traverser la rue ! C'était insupportable.

— Janet, dit-il en s'asseyant, je ne sais plus où j'en suis. Je suis perdu. Je suis fatigué, et fatigué d'être fatigué. Je n'arrive même plus à penser. J'ai l'impression d'être un fantôme. De ma vie, je n'ai jamais passé autant de temps sans travailler. J'ai essayé de dessiner mais même ça, ça me dégoûte.

Il fixa le psychologue d'un air angoissé :

— Vous allez m'aider, n'est-ce pas ?

Le lien de confiance est établi, se dit Pierre. Parfait. Les choses sérieuses pouvaient commencer.

37

Le savant se révéla plus sensible à l'hypnose que prévu. Cinq minutes après s'être étendu sur le sofa, il était immobile comme une planche et fixait le plafond d'un œil vague.

— Que ressentez-vous ? demanda Pierre.

— Je suis en béton. Mes bras, mes jambes… rien ne bouge, ils flottent tout seuls mais je suis immobile. Tellement fatigué…

— Savez-vous pourquoi ?

— Je travaille sans m'arrêter. J'ai toujours travaillé. D'abord, je cherchais des cristaux, ensuite, j'ai voulu obéir à mon père.

— Parlez-moi de votre père.

— Oui… Mon père est heureux.

— Fermez les yeux.

Le chercheur obéit.

— Vous avez sept ans, reprit Pierre, vous êtes en face de votre père, dites-moi ce que vous ressentez ?

— La peur de le décevoir, murmura Louis. De ne pas être à la hauteur.

— Pourquoi ?

Papa Pasteur n'était pas un rigolo mais c'était pour la bonne cause, son métier était pénible, avec des débouchés assez aléatoires, il voulait que son fils vive mieux. Et ce mieux ne tomberait pas du ciel. Il fallait aller le chercher avec les crocs. Joseph avait fait la campagne d'Espagne avec Napoléon, en tant que sergent-major dans le 3e régiment de ligne, celui que des historiens avaient surnommé « le brave des braves ». Il avait traversé la France à marche forcée avec son barda sur le dos et des brodequins en carton qui prenaient l'eau ; il savait ce que se battre voulait dire. Il avait même reçu la Légion d'honneur qu'il épinglait à sa redingote le dimanche et c'était une époque où on ne la distribuait pas comme des sandwichs aux footballeurs. La Restauration avait porté un coup à Papa Pasteur mais il avait gardé de l'Empire l'idée que tout était possible. Si un petit Corse pouvait devenir empereur, un fils de tanneur pouvait bien devenir professeur ou médecin.

Une vision partagée par sa femme Jeannette et qu'ils avaient transmise à leurs quatre enfants.

— Maman est morte au début de ma carrière. Une attaque. Elle n'a pas vu mes grands succès. Mais mon père, oui.

Un père omniprésent, nota Pierre. Et une mère absente. Aucun contrepoids à la toute-puissance du père.

— Racontez-moi votre meilleur souvenir d'enfance.

— Je ne sais pas, murmura Louis. Peut-être le jour où le maître m'a nommé surveillant des autres à l'école.

— Vous aimiez aller en classe ?

— Pas spécialement. Beaucoup de cours me rasaient, mais je m'appliquais.

— Pourquoi ?

— Je voulais que mon père soit fier de moi. J'étais son seul garçon.

Louis était l'aîné de sa fratrie. Il avait trois petites sœurs, Virginie, Joséphine et Jeanne. Il était né à Dôle, dans le Jura, le 27 décembre 1822, à deux heures du matin. Il ne se souvenait pas du temps mais on peut affirmer de façon à peu près certaine qu'il faisait un froid à se péter les dents, la région comptant environ vingt jours de gel par an. De la ville non plus, Louis ne se rappelait pas, puisqu'il l'avait quittée à l'âge de quatre ans pour Marnoz puis pour Arbois, où son père avait acheté une tannerie. L'affaire paternelle, en revanche, lui avait laissé des souvenirs coriaces : rien qu'en l'évoquant, l'odeur des peaux humides et du bois mouillé lui remontait dans les narines.

Louis avait reçu une consigne, une seule : travailler. Il ne devait se trouver qu'en deux endroits, en classe ou à la maison, pour faire ses devoirs, que Joseph Pasteur surveillait lui-même chaque soir, parce qu'il avait la chance de savoir écrire. Entre ces deux pôles, Louis menait une vie de métronome. Un beau matin, ou plutôt un après-midi, car c'était sur le retour de l'école, il avait osé suivre des copains pour aller pêcher au bord de la Cuisance.

— Je suis arrivé à la maison les pieds mouillés, les yeux brillants et avec une heure de retard. Mon père m'a demandé où j'étais, j'ai répondu : « À la rivière, avec les copains. »

Papa Pasteur avait froncé les sourcils : « Première et dernière escapade, mon petit. Tu as le droit de faire des bateaux en écorce dans la cour de la tannerie, le dimanche après-midi, mais pas question d'aller traîner au bord de la rivière avant d'avoir appris ses leçons. »

— Je n'ai plus jamais osé me balader, murmura Louis.

Il se contenta de faire ses devoirs sur la table de la salle à manger, sous le regard sourcilleux du père.

La mère, elle, était invisible, cachée dans la cuisine à préparer des pot-au-feu pour nourrir le père, le fils et les trois sœurs.

L'enfance de Louis s'était poursuivie dans cette ambiance pas très funky. Les cours ne le passionnaient pas. Il était très fier de noter son nom à la première page des prix de grammaire qu'il gagnait mais il était très moyen en maths et en chimie. Il s'appliquait pour faire plaisir à son papa et parce qu'il aimait bien donner les leçons aux autres : les classes étaient alors divisées en deux parties et les élèves les plus avancés faisaient répéter leurs camarades. Louis adorait jouer à l'apprenti maître. Là où il était fort, c'était en dessin. Assez bon pour que son père n'en ait pas honte et le laisse continuer à gribouiller, même s'il était hors de question que Louis en fasse son métier.

L'instituteur le poussa vers le collège d'Arbois, puis du collège on l'expédia à Paris. Le proviseur du collège était persuadé que Louis méritait mieux que les cours du lycée de Besançon. Il avait l'étoffe pour entrer à l'École normale. Louis partit donc à Paris et s'installa dans une petite pension de famille. Mais là, ce fut la catastrophe. Exilé dans la capitale grise et bruyante, seul au milieu de copains bien plus extravertis que lui, le petit Pasteur n'avait qu'une envie : rester enfermé dans sa chambre et pleurer toute la journée. Son père était venu le chercher par la peau du cou et l'avait rapatrié dans le Jura. Il avait seize ans.

« Premier épisode dépressif », nota Pierre. « Père très présent. Trop ? »

Louis avait retrouvé la maison d'Arbois, les pot-au-feu de sa mère et ses trois sœurs. Il avait repris ses études au collège royal de Besançon et s'en était sorti nettement mieux qu'à Paris. Peut-être avait-il besoin du climat de loup de son département natal pour se sentir bien, peut-être avait-il besoin d'être coaché par son père. Besançon était à moins de cinquante kilomètres d'Arbois et Papa Pasteur y venait tous les jours de grand marché. Louis fut admis à l'École normale supérieure mais il refusa d'y aller car il n'était que quatorzième ; il préféra repasser le concours l'année suivante. Cette fois, il fut reçu quatrième.

« Peur de l'échec + ego surdimensionné », écrivit Pierre. Une position typique des dépressifs : ayant une très haute opinion d'eux-mêmes, ils jugent leurs performances médiocres. D'où le coup de bambou, les pleurs et la panique.

— En étant reçu quatrième, expliqua Louis, j'obtenais une bourse.

Pierre raya ses dernières lignes et nota : « Argent ? ». Une nouvelle piste à creuser.

— Qu'avez-vous ressenti ?

— J'étais heureux, bien sûr.

— Parlez-moi de ces années-là. Qu'avez-vous retenu ?

— Qu'il fallait travailler… Le samedi, j'allais à la Sorbonne suivre des leçons particulières. Mon ami Chapuis m'appelait « le pilier de laboratoire ».

Un sourire nostalgique se dessina sur le visage du vieil homme :

— Il arrivait dans le laboratoire et il m'emmenait de force dîner dans un petit restaurant. Il avait peur que je me transforme en bloc de tartre ou de soufre.

— Nous allons nous arrêter là pour aujourd'hui, dit-il. Reprenez pied. Vous êtes dans mon cabinet, redressez-vous doucement, regardez autour de vous…

Louis Pasteur sortit de la séance complètement rincé, avec l'impression d'avoir été secoué dans un mixeur géant. Adrien, qui était venu le chercher comme les deux premières fois, lui trouva l'air hagard.

Une fois installé dans la voiture qui les ramenait rue d'Ulm, Louis tomba dans un silence apathique. Adrien se renfonça dans son siège, soulagé par l'absence de curiosité de son oncle. Car si les choses se passaient bien au laboratoire, ils avaient tout de même un gros souci. Smith était mort.

38

En l'absence de Louis, l'équipe s'était organisée pour poursuivre la mission et accueillir le mieux possible les patients, de plus en plus nombreux à se présenter rue Vauquelin. Chaque malade était photographié et inscrit dans le cahier de contrôle. Émile avait mis ses réticences dans sa poche. Il gérait les inoculations et effectuait lui-même la plupart des injections. Les docteurs Chantemesse et Charrin triaient les malades en fonction de leur état, un chirurgien des hôpitaux de Paris soignait les blessures lorsque c'était nécessaire.

Émile sauta sur Adrien dès qu'il franchit la porte du laboratoire.

— Où t'étais encore parti, petit ? On a besoin de toi, Eugène ne s'en sort pas, tout seul.

— Mme Pasteur m'a demandé de faire une course pour son mari.

— Comment va le patron ? demanda Charles.

— Fatigué, mais ça va.

— Bon, dit Charles en secouant sa pipe par la fenêtre. Tu sais quand il revient ?

— Pas tout de suite. Le docteur Villemin voudrait qu'il se repose encore un mois.

— Un mois sans voir le labo ? Ça va lui sembler long. Tu ne lui as rien dit au sujet de l'affaire Smith ?

— Bien sûr que non et ma tante fait attention à ne pas laisser traîner les journaux. Le pauvre vieux, ça le tuerait !

Émile haussa les épaules :

— De toute façon, pas la peine de paniquer tant qu'on n'a pas les résultats de l'enquête.

Le cas Smith, l'Anglais qui avait pris son traitement antirabique par-dessus la jambe, avait tourné au vinaigre. Mi-octobre, son traitement terminé, le gars était rentré cahin-caha à Londres. À peine arrivé chez lui, il s'était senti mal, avait été hospitalisé. Moins d'une semaine plus tard, il était mort. Comme il avait les jambes paralysées, on avait accusé le traitement antirabique reçu au laboratoire de Pasteur – la rage pouvait créer une paralysie. Une enquête avait été ouverte, le jury avait conclu à une mort naturelle mais le public anglais s'était inquiété. Des médecins réclamaient de nouvelles preuves.

Émile ne décolérait pas.

— Le gars est monté saoul comme un cochon dans le train pour l'Angleterre, des dizaines de témoins l'ont vu ! S'il avait moins picolé, il se porterait comme un charme, exception faite de sa toux de tuberculeux et ses ganglions de syphilitique. Il est mort de son alcoolisme, un point c'est tout.

— Sans doute, dit Charles, mais il faut espérer que le coroner nous croie.

Chantemesse écarta les bras d'un air fataliste.

— J'ai envoyé à Londres un relevé détaillé des inoculations, tous les témoignages que j'ai pu recueillir sur son état de santé… Je ne peux pas faire mieux. Vu qu'il s'enfilait une bouteille d'eau de vie par jour, c'est même étonnant qu'il ait survécu jusqu'à l'âge de trente-six ans.

— Espérons que la rumeur ne fasse pas fuir les donateurs, soupira Eugène. Les gens sont si versatiles ! Ils se sont rués au Trocadéro, mais une mauvaise pub pourrait les dresser contre Pasteur. Et alors, bye-bye la construction de l'Institut.

39

À la quatrième séance, Louis arriva plus détendu. Il commençait à prendre ses marques avec ce drôle de petit médecin *psychologique*. Il déplia le drap sur le divan et s'allongea en plaisantant sur la couleur des rideaux, assortie à celle de ses chaussettes. Voyant que son patient était à l'aise, Pierre se dit qu'il était temps de gratter un peu et de s'attaquer à des sujets plus désagréables.

— Avez-vous souffert du manque d'argent ?

La réponse fusa comme une balle.

— Toujours. Toute ma vie.

— Vous aimeriez être riche ?

— Ah oui, à millions, dit Pasteur avec ferveur.

« Frustrations », nota Pierre. Il relut le mot, le souligna. Le sentiment d'insécurité était un étau puissant qui pouvait écraser quelqu'un comme un bout de gâteau rassis. Il fallait creuser.

— Vous aimez donc le luxe ?

— Vous rigolez ? Si vous aviez vu mon premier labo… Une sous-pente poussiéreuse, dans laquelle je pilais moi-même les matières. Et le suivant ne valait guère mieux.

Il était alors directeur de l'École normale, mais les laboratoires étaient réservés aux élèves. À force de lettres de supplications – il était assez fort en lettres et en supplications –, il avait obtenu qu'on lui aménage un laboratoire dans un pavillon à l'entrée de l'École. Cinq pièces, et un préparateur. Mais les salles étaient si exiguës que Pasteur avait installé l'étuve dans la cage d'escalier ; il devait grimper sur une échelle de meunier puis se mettre à quatre pattes pour y accéder, ce qui était aussi nuisible à son dos qu'aux genoux de ses pantalons.

— J'ai commencé avec des instruments en bois et en carton. Imaginez, Janet, ce que j'aurais découvert si j'avais travaillé dans des conditions décentes. Je cherche de l'argent partout, tout le temps, mais c'est le nerf de la guerre. L'argent permet d'acheter des microscopes, des tubes, des acides, des lamelles, du charbon pour alimenter les étuves, de l'huile pour les lampes. Avec deux microscopes, vous allez deux fois plus vite ! Pas d'argent, pas d'expériences, pas d'expériences, pas de découvertes, pas de découvertes, pas de progrès, pas de progrès…

Pierre leva la main.

— Je vois l'idée.

— J'aime le confort, parce que le confort permet de mieux travailler. Prenez ma femme : elle est parfaite mais elle a la manie de faire des économies de bouts de chandelle. Par exemple, elle tient à prendre des billets de train à tarif réduit. Quel intérêt ? Vous pouvez voyager en troisième classe mais vous arrivez à destination moulu et perclus, épuisé, incapable de rien. Autant prendre un billet de première, voyager bien assis et arriver frais et dispos, prêt à enquiller les conférences et les discours. Voilà pourquoi j'aurais aimé être millionnaire. Je n'aurai plus de soucis, j'avancerais mille fois plus vite.

— Avez-vous le sentiment d'avoir réussi votre vie ?

— Je le pense. Mes vaccins fonctionnent, je sauve des gens. Je reçois tous les jours des demandes d'autographes, je dédicace mes portraits… Et l'autre jour, une dame m'a demandé de lui inoculer la rage ! Non, mais vous imaginez ça ? Comme si c'était une robe ou coiffure à la mode.

Pierre avait du mal à imaginer qui pouvait rêver d'attraper la rage, mais il avait rencontré assez de névrosées pour ne plus être surpris. Après un demi-siècle de léthargie, la science progressait; ce qui était une promesse de progrès pour des hommes comme lui-même ou Pasteur se limitait pour beaucoup à un joujou magique. C'est du dernier chic d'admirer les hystériques internés à la Salpêtrière ou à Sainte-Anne, et pour les plus courageux, d'assister aux conférences de biologistes, chimistes, ou chirurgiens, conférences auxquelles la plupart des spectateurs ne comprenaient goutte, mais l'essentiel était de s'y montrer.

— Pourquoi continuez-vous ?

— Parce qu'on peut aller plus loin, trouver d'autres vaccins, d'autres méthodes. On peut toujours progresser. La science ne s'arrête jamais, Janet, jamais. Par exemple, j'ai perfectionné le traitement pour qu'il fonctionne aussi contre les morsures de loup, plus dangereuses encore que celles du chien. Et il y en a des quantités ! Quelques échecs… c'est bien naturel. Je ne suis pas Dieu.

Nous y voilà, pensa Pierre. Il se mordit les joues pour ne pas bondir de sa chaise.

— Des échecs ? demanda-t-il d'une voix douce.

Louis rouvrit les yeux et fixa le plafond de longues minutes sans répondre. Convaincu de toucher au but, Pierre guettait la réponse du chimiste en s'efforçant de ne pas se ronger les ongles.

— La petite Pelletier, dit Louis d'une voix étouffée.

Il cligna des yeux.

— Louise. Un chien l'avait mordue à la tête et au torse. On me l'a amenée trente-sept jours après l'attaque, bien trop tard. Je l'ai piquée quand même, on n'avait plus rien à perdre. Mais la petite est morte au bout d'un mois, le 6 décembre 1885. Je n'oublierai jamais. Elle me regardait… et elle savait que je ne pouvais rien pour elle.

— Vous vous sentez coupable ? demanda Pierre.

— Oui… non. Je ne sais pas. Je suis convaincu de ma méthode mais elle a ses limites. J'ai repoussé les frontières de la science au-delà de ce qu'on imaginait alors, forcément, j'espérais un miracle. Mais la petite est morte. Avez-vous déjà vu mourir un enragé ?

Et comme Pierre restait silencieux, Louis poursuivit :

— C'est affreux. Il étouffe. Il se tord. Il bave. Il suffoque. Le bruit de l'eau le terrifie et déclenche des spasmes, il ne peut plus ni boire ni manger, la plupart du temps, on préfère les étouffer sous un oreiller pour leur épargner de mourir de soif. J'ai des enfants. Cette petite, c'était comme si c'était l'une de mes filles qui mourait à nouveau.

— Avez-vous soigné d'autres enfants ?

— Oui. Après le petit Joseph Meister, j'ai vu le petit Jupille et le petit Guilleton. Des gamins de la campagne, comme moi. Ces gosses savaient à peine lire et écrire, je les ai coachés. Ils avaient eu la chance de guérir, je leur ai sauvé la vie, je n'ai pas peur de le dire, ils devaient en faire quelque chose. Le petit Jupille, par exemple, écrivait comme un cochon, je lui ai expliqué que je n'admettrais plus de recevoir des torchons bourrés de fautes d'orthographe. Je peux vous dire qu'il a compris la leçon et qu'ensuite il s'est appliqué. Ses lettres étaient beaucoup plus propres.

« Vocation contrariée d'enseignant ? » nota Pierre. Cela collait avec les premières satisfactions d'enfant de Pasteur, quand il jouait le rôle du maître auprès de ses camarades.

— La petite Louise est la seule que vous ayez perdue ?

— Oui. Enfin, il y a eu Victor, un petit Russe et quelques autres…

— Beaucoup de morts, murmura Janet avec sympathie.

— Mais ils sont venus trop tard, cria Pasteur en se redressant. Ils avaient tous été mordus à la tête, le petit Victor avait eu la lèvre arrachée !

Il se renversa contre le canapé. Ses mains tremblaient.

— C'est les guérisons des enfants dont je suis le plus fier. Ils me font confiance. J'ai un devoir de résultat à leur égard.

— Vous vous en sentez responsable ?

— Évidemment, Janet. Les enfants n'ont que nous, les adultes, pour les protéger. C'est notre rôle et notre devoir de leur offrir la santé. Je n'ai pas... Je ne suis pas parvenu à le faire pour mes trois filles.

Il y eut un blanc. Les enfants. C'était peut-être un autre fil à tirer, pensa Pierre. Comme le silence se prolongeait, il se jeta à l'eau.

— Combien avez-vous d'enfants ? demanda-t-il.

— Deux, dit Louis d'une voix faible. Marie-Louise et Jean-Baptiste.

Il toussota et reprit :

— J'en avais cinq, mais la maladie a emporté Jeanne, Cécile et Camille. Mes petites filles... Pauvres petites... j'étais en voyage lors de la mort de Cécile. Ma femme... ma femme a été très courageuse.

D'une main tremblante, il se frotta les yeux, se moucha.

— Mais la mort fait partie de la vie, dit-il d'une voix ferme. Huit décès sur deux mille personnes soignées, franchement... C'est ridicule ! J'ai des statistiques, vous savez, Janet. Avec mon système, on atteint un pour cent, et même un pour cent cinquante de taux de mortalité. L'Institut permettra de travailler dans de meilleures conditions. Ce sera grand, bien plus grand, bien équipé, hygiénique. Un temple dédié à la prophylaxie de la rage et aux vaccins, avec une salle d'enregistrement, une salle d'inoculation, une autre pour les opérations et les pansements afin de soigner les plaies si nécessaires. J'ai prévu des lavabos, des archives et bien sûr, une salle de syncopes, pour les personnes traitées qui tombent dans les pommes. Il y en a toujours.

Il avait retrouvé son assurance.

— Concrètement, demanda Pierre, comment se déroulent les inoculations ?

— Vous n'êtes jamais venu ? Il faut passer. Cela vous intéressera.

Louis fouilla dans sa poche et en tira un carton qu'il tendit au psychologue.

— Tenez, prenez ma carte. L'adresse du laboratoire y est inscrite. Les inoculations ont lieu tous les jours à onze heures.

— Merci, dit Pierre en la glissant dans son sous-main.

— Les séances sont parfaitement organisées. Les malades arrivent et sont enregistrés avant d'être piqués. Le questionnaire est très détaillé : âge, sexe, ville d'origine, date et détail des morsures... Ensuite, nous commençons par inoculer les mordus les plus récents, qui reçoivent les moelles les moins virulentes. La dose injectée est calculée en fonction du poids du patient.

Voyant une incompréhension dans les yeux de Janet, Pasteur expliqua :

— La seringue sert pour tous les mordus ; il ne s'agit pas de risquer d'injecter une moelle trop forte à un malade. En partant de la moins virulente à la plus virulente, nous éliminons ce danger. Évidemment, nous sommes très rigoureux sur l'hygiène : l'aiguille est trempée dans l'huile chaude avant chaque injection et une deuxième aiguille est réservée aux malades syphilitiques.

Le système était réglé comme une horloge mais les malades venaient de plus en plus nombreux, ça s'entassait dans le bureau de Pasteur et dans les couloirs. Il avait fallu déménager le bureau des inoculations dans un baraquement de fortune rue Vauquelin. En attendant l'Institut.

— Et c'est long, soupira Louis, terriblement long. Je suis fatigué d'attendre, de quêter. J'ai l'impression que je mourrai avant de le voir debout.

— L'Assistance publique pourrait vous prêter des locaux ?

— Je veux être chez moi, seul maître à bord. Hors de question que les politiques me coupent les vivres au gré de leurs fantaisies, ou que des médecins réactionnaires et pusillanimes critiquent et freinent tous nos essais. Quand je vois la façon dont ces messieurs ont accueilli ma théorie sur les germes…

Louis sortit un mouchoir de sa poche et s'essuya le front avant de poursuivre :

— Ils croyaient à la génération spontanée. Genre, les maladies poussent toutes seules, elles apparaissent comme des bulles de savon. Ces gens-là dans mon laboratoire ? Leur nez dans mes cahiers ? Non merci ! De toute façon, ils n'y comprendraient rien et liraient mes notes à l'envers comme du japonais.

— Qu'est-ce qui vous différencie de vos confrères de l'Académie ?

— Le bon sens. J'ai toujours cherché des applications pratiques à la science. Quand j'étais doyen à la faculté des sciences de Lille, j'ai fait refonder les cours de physique, de mécanique appliquée, de biologie. Les étudiants doivent comprendre que leurs travaux sont là pour être utiles.

— Par exemple ?

— La production de soie ou d'engrais. La bière. Le vinaigre. Le vin. Les élevages. Quelle plus belle récompense que de voir ses idées appliquées par des milliers d'industriels, d'éleveurs, de médecins, de vétérinaires ?

Louis s'était redressé, le visage illuminé. Ses yeux gris vert étincelaient.

— C'est ce qui a plu à l'empereur quand je l'ai rencontré, Janet. Ce jour-là, j'ai compris qu'il fallait savoir s'imposer auprès des politiques, sinon, on est cuit. On végète dans un coin et on n'arrive à rien. Il faut les faire rêver, leur montrer la grandeur de la science pour qu'ils la soutiennent.

Il tira sur sa cravate, reprit sa respiration et poursuivit :

— Bref, c'est d'autant plus exaspérant d'être snobé par des hommes aux théories racornies comme Peter, cet impuissant… qui n'a jamais fait de sa vie une expérience quelconque et qui répète comme un perroquet des théories remâchées depuis cinquante ans. Peter est un raté et un jaloux ! Il promène sa hargne dans tout Paris, avec son nez comme un brie de Meaux ! Sa rosette comme un chou-fleur !

Cette fois, Pierre sourit.

— Vous aussi portez la Légion d'honneur.

— Je ne l'exhibe pas comme un talisman d'immunité. Quand je pense que ce type est mon cousin par alliance, j'ai honte pour ma femme.

— Elle n'y est pour rien, on ne choisit pas sa famille.

— C'est vrai. N'empêche que celui qui ose prononcer son nom sous mon toit est condamné à une amende d'un franc[1].

— Ici, vous êtes dans un cabinet médical, dit Pierre. Vous avez le droit de prononcer son nom.

— Si vous le dites. Parlons d'autre chose.

— Depuis le début de vos études, vous n'avez jamais regretté votre choix ? Eu envie de changer d'orientation ?

— Jamais. Les sciences, c'est comme une enquête. Je sens une piste à creuser et je fonce, je suis le fil jusqu'à éliminer chaque possibilité, fermer toutes les portes et trouver la seule issue possible. C'est très satisfaisant. C'est comme réussir un puzzle de mille pièces.

— Et quand vous échouez ?

— Je n'échoue jamais. Je recommence jusqu'à ce que je trouve quelque chose qui fonctionne. L'échec n'est pas une option.

— Vous continuez coûte que coûte ?

— Oui, et j'ai toujours réussi. Les physiologistes ne juraient que par le bistouri et ne voulaient pas entendre parler d'un chimiste. Ils m'ont fait la misère

1. À l'époque, un kilo de pain valait quarante centimes. On peut considérer qu'un franc équivaudrait en 2022 à quatre euros. L'amende était sévère, surtout pour les enfants !

à l'Académie de médecine et mon traitement de la rage leur donne tort.

— J'avais noté que vous étiez membre de l'Académie des sciences et de l'Académie française, s'étonna Pierre.

— Ah, mais j'en suis aussi. Et je suis membre d'une dizaine de sociétés savantes dans tous les pays d'Europe. Ou vingt, je ne sais plus. Peu importe.

Pierre eut la vision d'un bélier tapant dans une porte à s'en faire péter les cornes. « Orgueil ? »

— Résumons. Vous suivez les inoculations, vous levez des fonds, vous préparez la construction de votre établissement. Vous poursuivez également vos recherches ?

— Ah oui, on avait décidé de se mettre à la diphtérie. Cette maladie traîne depuis trop longtemps. Émile, l'un de mes collaborateurs, tient des pistes très sérieuses.

Pierre se recula dans son fauteuil et croisa les mains.

— Je crois savoir d'où viennent vos vertiges, vos absences, votre fatigue.

— Merveilleux ! Dites vite, Janet.

— Vous faites un burn-out.

— Un *quoi* ?

— Un burn-out, c'est un terme anglais. Vous vous rongez d'inquiétude. Toutes ces activités vous épuisent, elles consument votre énergie de l'intérieur, comme des braises dans les entrailles d'une bûche.

— Mais enfin, vous êtes fou, Janet ! L'homme est sur terre pour travailler, c'est normal d'y consacrer tout son temps. Mon père a travaillé toute sa vie et il s'est porté comme un charme.

— À quel âge est-il mort ?

— On s'en fiche. C'est tout de même moins fatigant d'examiner des gouttes de sang au microscope que de tanner des peaux ou d'aller en Espagne au pas de charge !

— Il n'y a pas que la fatigue corporelle. La fatigue de l'esprit peut être bien plus forte et engendrer des troubles aussi importants qu'un effort physique. Les limites que votre esprit refuse d'accepter, votre corps les impose. Vous traversez une période extrêmement stressante.

— Je ne crois pas un mot de ce que vous me racontez, Janet ! Et si vous aviez raison, qu'est-ce que vous me conseillez ?

— Du repos.

— Mais c'est ce que je fais, cria Louis, exaspéré. Je vis comme une limace depuis un mois.

— Pas ce genre de repos. Du vrai repos. Prenez du recul.

— Du… quoi ?

— Posez vos valises. Arrêtez de vous occuper de tout. Regardez ce qui se passe en ce moment au laboratoire.

— ???

— Tout va bien, non ? Vous n'y êtes pas et pourtant, il fonctionne.

Louis ouvrit la bouche, puis la referma.

40

Ce mardi, c'était Marie qui recevait. Elle avait prévu du chocolat chaud pour les enfants – à son grand désespoir, certaines personnes se croyaient obligées de lui faire admirer leur progéniture, laquelle se faufilait derrière les rideaux ou sous les canapés –, du thé et des financiers pour les adultes.

— Ma chérie, dit-elle à sa fille venue l'aider pour l'occasion, Adrien emmènera ton père se promener au parc. Il ne s'agit pas qu'il déboule en pyjama au milieu du salon, pendant que je m'échine à convaincre ces dames de cracher au bassinet.

— Papa ne traîne jamais en pyjama, voyons !

— C'est vrai, il est en robe de chambre. Mais tout de même, je serai plus tranquille en le sachant dehors.

Elle ressortit la chemise intitulée « Dons Institut ». Le comte de Laubespin, un ours qui vivait reclus dans un immense hôtel particulier depuis la mort de son fils unique, avait le premier été piqué par le projet de Louis. Il avait organisé une grande soirée pour inciter tout le gratin parisien à contribuer. Lui-même avait donné quarante mille francs.

— C'est beau, dit Marie-Louise, mais on est loin des millions nécessaires.

— Le baron de Rothschild a envoyé quarante mille francs aussi, et le grand-duc Vladimir, cent mille.

— Qui d'autre ?

Marie reprit la liste, énumérant :

— Le tsar, l'empereur du Brésil, Alexandre Dumas, le sultan de Turquie, la princesse Mathilde…

— Je crois que vous avez sollicité tous ceux que vous connaissez de près ou de loin, soupira Marie-Louise. À combien papa estime-t-il le montant des travaux ?

— Deux millions de francs, trois millions pour être large et commencer à fonctionner. Les devis de l'architecte sont gratinés. Il nous faut aussi des donateurs sur le long terme, pour permettre à l'Institut de tourner. Ton père va léguer le revenu des ventes de ses vaccins vétérinaires mais ça ne suffira pas.

— Il faut relancer l'intérêt des gens…

— Mais comment ?

— Je vais en parler à René, il est fort en com, il va nous trouver des idées. En attendant, je prépare le salon.

Marie-Louise ouvrit le buffet et sortit une pile d'assiettes à gâteaux.

— Où sont les serviettes à thé, maman ?

— Dans le placard de droite.

À seize heures, une demi-douzaine de dames gloussaient dans les canapés. Un vieil académicien s'était invité et croquait des macarons qu'il émiettait avec application sur le revers de sa veste – Marie avait jugé plus sage de lui éviter les financiers et le risque d'un étouffement.

Elle se demandait comment ramasser discrètement les miettes avant qu'elles ne s'incrustent dans le tapis lorsque Bérénice, la jeune femme d'un consul ami de son fils Jean-Baptiste, la prit par le bras.

— Ma chère, comment votre mari va-t-il répondre à cette histoire avec les Russes ?

— De quoi parlez-vous ? demanda Marie, interloquée.

— Eh bien, des dix-neuf Russes venus en mars depuis Smolensk pour être inoculés. Un journal allemand annonce qu'ils sont tous morts.

Le vieil académicien, qui avait placé sa main en cornet, s'affola :

— Pasteur est mort ?

— Absolument pas ! dit Marie d'un ton ferme. Votre ami Louis a sauvé seize personnes.

Elle se tourna vers Bérénice :

— Je me demande d'où la presse tient cette bêtise ! Si c'était vrai, la Commission de la rage et le Conseil de Paris auraient retiré leur soutien à mon mari. Imaginez un peu, dix-neuf morts ! Ce serait une hécatombe.

La jeune femme hocha la tête.

— C'est vrai. Je me disais bien que c'était énorme…

— Qui est dans la tombe ? s'inquiéta l'académicien. Pasteur ?

— Pasteur va très bien, sourit Marie. Reprenez donc un macaron, cher maître.

Sur le ton de la confidence, elle poursuivit :

— Vous auriez vu ces pauvres paysans, Bérénice ! C'était quelque chose ! Ils étaient habillés comme des sauvages, les cheveux longs, emmitouflés dans des peaux de bête… Certains avaient des blessures atroces ; un pope, le malheureux, avait eu la moitié du nez arraché, une femme avait perdu un bout de lèvre… Nous en avons fait hospitalisé trois mais il n'y avait plus rien à faire. Ils avaient fait plus de quinze jours de route, la maladie avait eu le temps de gagner du terrain. C'est un miracle que Louis ait pu sauver seize mordus. D'ailleurs, cet été, le cousin du tsar a fait venir tout exprès notre neveu à Saint-Pétersbourg pour ouvrir un établissement antirabique. Il ne l'aurait jamais fait si le traitement avait tué vingt de leurs sujets.

Bérénice écarquille les yeux.

— En effet.

— Le tsar lui-même a souscrit pour la création de l'Institut mais nous cherchons toujours des bonnes volontés.

— Je pourrai peut-être vous aider, murmura Bérénice. En organisant un concert au consulat, par exemple ?

Marie lui tapota la main avec un sourire ravi :

— Quelle proposition merveilleuse ! Je savais que je pouvais compter sur vous. Merci, ma chère.

Les dernières invitées parties, Marie s'effondra dans un fauteuil.

— Mon Dieu, qu'est-ce que c'est encore que cette histoire ?

— Je vais demander à René de se renseigner, maman.

— Si ces Russes sont morts, c'est une catastrophe. Ton père ne s'en remettra pas.

— Je suis sûre que c'est une bêtise. Pas de panique, je m'en occupe.

Appuyé au bras de son neveu, Louis remontait une allée du jardin des Tuileries. Le ciel était gris et son humeur, de la même couleur. Stressé, lui ? N'importe quoi. Il n'y avait aucune raison de craquer maintenant, alors qu'il atteignait le zénith. Ce Janet était cintré. Louis avait quitté le cabinet furieux. Il s'était battu toute sa vie contre la pauvreté, la jalousie, la bêtise, l'ignorance, la médiocrité, il avait supporté les moqueries de ses camarades – qui trouvaient qu'il travaillait trop – puis de ses confrères des académies – qui le prenaient pour un empêcheur de tourner en rond. Ces dernières années, les Allemandes et les Anglaises, qui confondaient leurs chats et leurs chiens avec leurs enfants, lui envoyaient des menaces de mort. Quant aux médecins, c'était bien simple, s'ils avaient pu le tuer en lui injectant la lèpre, ils l'auraient fait. Et tout était à l'avenant : les voisins de la rue Vauquelin, les habitants de Meudon et ceux de Garches, personne n'avait voulu de son laboratoire ni de ses animaux. Il avait parfaitement encaissé. Rien ne l'avait ébranlé. Il était toujours resté calme, pondéré. Il n'avait jamais perdu son sang-froid. Il faut être calme, quand on manipule des virus mortels et des animaux malades sinon on y laisse sa peau. Ce petit docteur était fou.

Stressé, lui ? Allons donc ! C'était ce stupide régime au lait qui le rendait patraque. Il allait prendre du jus de quinquina et ça passerait. Voilà.

Les allées étaient désertes. Louis eut brusquement des fourmis dans les jambes.

— Allons chez l'herboriste, dit-il à Adrien.

41

Il était dix heures, et Monsieur P. n'était pas là. Le doute commençait à grignoter Pierre. Peut-être était-il allé trop vite. Peut-être avait-il provoqué une rupture psychologique chez son patient en le mettant face aux causes de ses angoisses. Pasteur était si intelligent que Pierre avait cru qu'il était en capacité d'entendre la réalité. Le savant y était confronté toute la journée dans son travail. Les faits, rien que les faits, les résultats, les chiffres. Mais Monsieur P. était un homme comme les autres, avec des émotions. Monsieur P. était fragile.

Dix heures cinq ; Monsieur P. n'avait toujours pas sonné.

Je suis allé trop loin, trop vite, songea Pierre. J'ai été trop brutal. J'ai manqué de discernement. Un grand froid le saisit. Et s'il avait cassé le plus grand savant français ? L'esprit était une chose si mystérieuse ! Il n'en comprenait pas encore le dixième !

Le grelot de la porte d'entrée le fit sursauter. Il se précipita pour ouvrir. Un petit commissionnaire lui tendit une lettre.

— Un billet pour M. Janet.

— C'est moi.

Le message tenait en trois lignes brèves.

« Monsieur,

Très occupé à régler une affaire de la plus haute importance. Vous recontacte dès qu'elle est résolue.

Bien à vous,

L. Pasteur. »

Monsieur P. revint cinq jours plus tard. Son teint était gris et ses mains tremblaient. Il s'excusa d'avoir annulé la séance précédente, mais c'était vital.

— On m'a accusé d'une chose terrible, dit-il. J'ai dû défendre ma réputation.

Dans le bureau, caché sous une pile de lettres, il avait découvert le journal allemand rapporté par René, annonçant le décès dans d'atroces souffrances de dix-neuf de ses anciens patients. Le sang de Louis était entré en ébullition. Aussitôt, il avait écrit au maire de Beloï, où vivaient ces malades.

— Il m'a envoyé un télégramme : les seize personnes sont en pleine forme. Le pope en personne m'a répondu qu'il allait très bien et m'a envoyé une photo de lui. Un chirurgien lui a reconstruit sa lèvre arrachée il y a quelques semaines. Comment les gens peuvent-ils être aussi méchants, Janet ? Se rendent-ils compte du mal qu'ils font avec ces rumeurs monstrueuses ? Mon neveu Adrien m'a avoué qu'une autre affaire était en attente en Angleterre. Un malade décédé à son retour. Là aussi, on accuse ma méthode. Ça ne s'arrêtera jamais…

Le vieil homme soupira.

— Et si je me reconvertissais ?

— Dans quel domaine ?

— La peinture.

— Êtes-vous certain que cela vous convienne ?

— Je suis peut-être passé à côté de ma vocation pendant quarante ans. À treize ans, je croquais ma mère, les voisins, le maire. J'ai soixante-quatre ans, il est temps que je fasse enfin un métier qui m'épanouisse. Je dessine très bien, vous savez ? Les pastels que j'ai faits sont encore accrochés dans le parloir de mon collège à Besançon et j'aurais sûrement obtenu le prix de Rome. Je me demande ce qui m'est passé par la tête en devenant chimiste. C'est épuisant. Une bataille sans fin.

— Peut-être est-il temps de laisser d'autres se battre à votre place ?

— Mais qui ?

— Votre équipe. Ceux que vous avez formés. D'après ce que vous me dites, ils sont tout à fait capables.

— Charles est très doué, il a des idées de génie, mais il est un peu tête en l'air… Émile est rigoureux mais il n'est pas facile facile. Je me demande s'il saura gérer une équipe sans s'engueuler avec tout le monde.

— Laissez-les poursuivre votre travail. Faites-leur confiance.

— Vous croyez que je suis trop malade pour continuer ?

— Je crois que vous devez accepter vos limites.

— Je vais y réfléchir, murmura Louis.

42

Louis retrouva le laboratoire avec des yeux neufs. Comme l'avait dit Janet, tout semblait fonctionner malgré l'absence du patron. Eugène et Adrien s'activaient avec les garçons de laboratoire, Charles fumait en dessinant toutes sortes de modèles de boîtes destinées à l'expédition de doses de vaccins et Émile ronchonnait tout en maintenant une efficacité de machine. L'équipe respectait à la virgule les procédures mises en place par Louis et les cahiers d'inoculation étaient soigneusement remplis.

Lorsque les derniers malades furent partis, le vieux savant appela le psychologue.

— Vous avez raison, je crois que j'ai besoin de faire un break.

— Alléluia, s'écria Janet. Je vous prescris l'Italie. Du soleil, du ciel bleu, une nourriture saine et une distance assez grande pour vous empêcher de courir au labo tous les matins.

— Pourquoi pas… L'Italie, je crois que cela fera plaisir à ma femme.

Le soir, en rentrant, Louis lança :

— Et si nous partions en vacances en Italie ?

Le visage de Marie s'illumina.

— Quelle bonne idée !

Enfin, elle allait découvrir les véritables pâtes et les authentiques glaces à la noisette torréfiée.

Le 1er décembre, toute la famille Pasteur était sur le quai de la gare de Lyon. Les voyageurs se poussaient du coude en reconnaissant Louis.

— Tu vois ce monsieur, souffla une dame à son petit garçon ? C'est un grand scientifique.

René avait retenu un compartiment dans le tout nouveau Calais-Méditerranée Express. L'air un peu perdu, Louis tournicotait entre les montagnes de bagages. Il manqua renverser une boîte à chapeau posée en équilibre sur trois malles.

— Nous avons pris trop de choses, ma chérie… toutes ces valises…

— Ce sont juste des couvertures, des pulls et des écharpes, dit Marie. Nous partons pour plusieurs semaines, et je ne prendrai pas le risque que tu attrapes un rhume alors que tu es tout juste guéri. Les convalescents sont fragiles.

Marie-Louise serra Adrien dans ses bras.

— Je compte sur toi pour continuer le travail de papa.

— Ne t'inquiète pas, cousinette, nous lui ferons honneur. Occupe-toi de le remettre sur pied, nous nous occupons du reste : les mordus, les chiens baveux, les journalistes furieux, les antivax et les antivivisectionistes enragés.

Marie-Louise éclata de rire. Elle retroussa gracieusement ses jupes pour escalader le marchepied, puis se retourna :

— Et ne vas pas profiter de notre absence pour t'amouracher de la première venue, une actrice, une écuyère ou que sais-je, nous ne le tolérerons pas.

— Ce n'est pas mon genre, cousinette !

Épilogue

Le 14 novembre 1888, le président Sadi Carnot inaugurait l'Institut Pasteur devant six cents invités.

Marie quitta à regret la rue d'Ulm pour s'installer avec son mari dans l'appartement de fonction du nouvel Institut.

Charles Chamberland, Émile Duclaux et Émile Roux, les fidèles collaborateurs de Louis, furent chargés de diriger trois des laboratoires de recherche consacrés aux maladies infectieuses, Élie Metchnikoff (qui obtiendra en 1908 le prix Nobel de physiologie) chapeauta le quatrième. Les services généraux de la rage furent confiés au docteur Grancher.

L'Institut s'agrandit en 1900 grâce à l'aide d'une généreuse donatrice qui permit d'acheter un terrain mitoyen. On y construisit un hôpital, puis un institut de chimie biologique financé par la baronne de Hirsch. Aujourd'hui, l'Institut Pasteur de Paris compte une vingtaine de bâtiments sur près de six hectares. Il est implanté dans vingt-cinq pays ; depuis sa création, il a compté dix prix Nobel de médecine. L'appartement de Louis et Marie Pasteur a été transformé en musée.

Ce qu'ils sont devenus

Louis Pasteur mourra le 28 septembre 1895, au domaine de Villeneuve-l'Étang. Il était devenu le savant le plus célèbre de son siècle. Un village d'Algérie et une province du Québec seront baptisés à son nom. L'État lui offrira des obsèques nationales aussi grandioses que celles de Victor Hugo et qui rassembleront un million de personnes dans les rues de Paris, mais sa famille refusera que Louis soit inhumé au Panthéon. Une crypte sera spécialement aménagée sous l'Institut Pasteur pour y placer son corps.

Marie Pasteur survivra quinze ans à son époux. Elle continuera à faire connaître le travail de Louis et à soutenir de son mieux l'Institut. Elle repose dans la crypte de l'Institut, aux côtés de son mari qu'elle a tant aimé et aidé.

Adrien Loir voyagera sur les cinq continents pour transmettre les découvertes scientifiques de son oncle. Il fondera l'Institut Pasteur de Tunis et enseignera l'hygiène et la bactériologie. La révélation dans ses mémoires, *À l'ombre de Pasteur*, du « secret de Pouilly-le-Fort», c'est-à-dire de l'utilisation de la formule de vaccin prônée par Émile et Charles lors des essais vaccinaux de Pouilly-le-Fort, lui vaudra l'opprobre de la famille des pasteuriens. Il mourra en 1941, non sans avoir vécu une relation amoureuse avec… Sarah Bernardt elle-même.

Émile Roux prendra la direction de l'Institut en 1904. Il découvrira le sérum antidiphtérique et créera le premier cours de microbiologie. Il s'éteindra en 1933 et, comme Louis, bénéficiera de funérailles nationales.

Charles Chamberland poursuivra son travail au sein de l'Institut dont il deviendra chef de service. Élu député en octobre 1885, il participera au premier projet de loi sur l'hygiène publique.

René Vallery-Radot écrira une nouvelle biographie de son beau-père. Publiée en 1900, elle aura un succès fou. Son fils réunira et annotera également la correspondance de Louis et ses travaux scientifiques.

Michel Peter sera oublié. Malgré ses travaux sur la diphtérie, les maladies du larynx ou du cœur, il ne restera dans l'Histoire que par sa querelle scientifique avec Louis Pasteur. Les accidents vaccinaux causés par le vaccin contre la rage qu'il dénoncera seront étouffés, malgré leur véracité. Il possède tout de même une rue à son nom dans le 13e arrondissement de Paris.

Malgré son énergie et son inventivité, Marie Huot ne parviendra pas à imposer ses thèses antivivisectionnistes. Elle poursuivra son combat pour le respect des animaux en entrant en lutte contre la tauromachie (sans guère plus de succès) et deviendra une malthusienne radicale. Tête de proue avant l'heure du Mouvement pour l'extinction volontaire de l'humanité, elle militera également pour l'extinction de la race humaine et prônera « la grève des ventres ».

Henri Rochefort s'enlisera dans ses engagements politiques divers et parfois avariés, devenant boulangiste, antidreyfusard et ultranationaliste. Surnommé « l'homme aux vingt duels », il donnera encore le coup de fusil à l'âge de soixante-sept ans ! Au-delà de ses prises de position douteuses, il reste un écrivain à l'esprit acéré et à la plume flamboyante. C'est à lui que l'on doit la célèbre expression : « Tout ça ne nous rendra pas l'Alsace et la Lorraine », prononcé lors de son procès. Homme admiré autant que détesté, son enterrement rassemblera une foule populaire immense. Lui aussi recevra une rue à son nom, dans le 17e arrondissement de Paris.

Robert Koch (1843-1910) est resté aussi célèbre en Allemagne que Pasteur en France. Il donnera son nom au bacille de la tuberculose qu'il identifie en 1882 et recevra en 1905 le prix Nobel de médecine. Devenu directeur de l'Institut des maladies infectieuses de Berlin, il contribuera, autant que Pasteur, à poser les jalons de la microbiologie et de la lutte contre les épidémies.

Demêler le vrai du faux

Ce livre ne prétend pas être une biographie exhaustive de Louis Pasteur ni un essai scientifique sur ses travaux. Il a pour but de vous faire découvrir sa personnalité, de rappeler l'importance de ses découvertes et les conditions dans lesquelles il a travaillé.

Les ficelles de la fiction nous ont permis de rendre les personnages plus vivants et de souligner certains points toujours d'actualité : les dilemmes éthiques en médecine, la remise en cause des dogmes scientifiques, les liens entre science et industrie, les oppositions sociales aux avancées techniques, la course aux financements des chercheurs, la place des politiques dans les choix de santé publique…

Les séances de Louis Pasteur avec Pierre Janet sont imaginaires, le personnage de Devrain, porte-parole des voisins furieux, aussi. Pour le reste, les personnages ont existé, les événements évoqués par le savant, sa femme, ses collaborateurs et ses opposants, leurs goûts et leur caractères également. Louis Pasteur avait plusieurs collaborateurs : pour les besoins du roman, nous avons retenu ici seulement Charles, Émile, Adrien et Eugène ; que les autres nous pardonnent.

De même, la meilleure amie de Marie Pasteur était réellement Claire Godélier, Alexandre Dumas était l'un des plus fervents soutiens du chimiste, etc.

En octobre 1886, Louis Pasteur, épuisé, tombe malade. Les docteurs Villemin et Grancher lui prescrivent un repos absolu. Début décembre, il part, pour la première fois de sa vie, réellement en vacances, et passe plusieurs semaines en Italie. De là à imaginer qu'il souffrait de burn-out, il n'y a qu'un pas, que nous avons franchi avec allégresse en l'envoyant consulter Pierre Janet.

Souvent occulté par Freud, Pierre Janet (1859-1947) est l'un des fondateurs de la psychologie. Ses travaux intéressèrent Jean-Martin Charcot et le neurologue lui confia en 1889 la direction du laboratoire de psychologie de la Salpêtrière. On doit à Pierre Janet des avancées révolutionnaires dans le domaine de la psychothérapie. Il travailla sur les psychotraumatismes et élabora entre autres la théorie de la dissociation structurelle.

Pourquoi envoyer Pasteur chez le psy ? Pasteur fut statufié (au sens propre comme au figuré) de son vivant et il est bien difficile de connaître l'homme en lisant ses premières biographies officielles. Il faut plonger dans sa correspondance pour découvrir ses qualités et ses défauts, sa relation exceptionnelle avec sa femme…

et avec les institutions ou les puissants de l'époque. Seul un psychologue pouvait l'amener à se livrer ! Les faits racontés par Pasteur sont donc bien réels. Enfin, évoquer Charcot et Janet permet de rappeler que l'action de Pasteur se situe à une période charnière pour la médecine moderne ; ces années verront naître, outre les vaccins, l'asepsie, la psychothérapie, les premiers laboratoires pharmaceutiques, les couveuses pour les nouveau-nés, les rayons X…

La bibliographie et les sources citées dans les pages suivantes vous permettront d'aller plus loin si vous le souhaitez. Le professeur Maxime Schwartz, directeur de l'Institut Pasteur de 1988 à 1999, a également écrit plusieurs ouvrages passionnants consacrés à Adrien Loir, Robert Koch, Émile Roux, et bien sûr, Pasteur lui-même.

Louis Pasteur en quelques dates

1822 : Naissance à Dole (Jura), le 27 décembre.

1827 : Sa famille s'installe à Arbois. Louis Pasteur restera toujours attaché à la Franche-Comté, où il retournera régulièrement.

1839 : Études secondaires au collège royal de Besançon.

1840 : Bachelier ès lettres.

1842 : Bachelier ès sciences.

1843 : Admis à l'École normale supérieure avec rang de 4e. Il suit les cours de J.-B. Dumas à la Sorbonne.

1846 : Agrégé ès sciences, agrégé-préparateur à l'École normale.

1847 : Soutient ses thèses de chimie et de physique. Docteur ès sciences.

1848 : Recherches sur la dissymétrie moléculaire.

Nommé professeur suppléant de chimie à la faculté des sciences de Strasbourg.

1849 : Mariage avec Marie Laurent, fille du recteur de l'Académie de Strasbourg.

1850 : Naissance de sa fille Jeanne.

1851 : Naissance de son fils Jean-Baptiste.

1853 : Naissance de sa fille Cécile.

Prix de la Société de pharmacie de Paris pour la synthèse de l'acide racémique. Chevalier de la Légion d'honneur.

1854 : Nommé doyen et professeur à la faculté des sciences à Lille.

1857 : Médaille Rumford de la Royal Society de Londres pour ses études de cristallographie.

Nommé administrateur et directeur des études scientifiques à l'École normale.

1858 : Naissance de sa fille Marie-Louise.

1859 : Prix de physiologie expérimentale de l'Académie des sciences pour ses travaux sur les fermentations.

Mort de sa fille Jeanne.

1861 : Prix Jecker (Académie des sciences) pour ses recherches sur les fermentations.

1862 : Élection à l'Académie des sciences (section minéralogie).

Prix Alhumbert pour ses recherches sur la génération spontanée.

1863 : Travaux sur la maladie des vins à la demande de Napoléon III.

Professeur de géologie, physique et chimie à l'École des beaux-arts.

Naissance de sa fille Camille.

1865 : Travaux sur les vers à soie.

Mort de sa fille Camille.

1866 : Mort de sa fille Cécile.

1867 : Grand Prix de l'Exposition universelle de 1867 pour sa méthode de conservation des vins par le chauffage.

Chaire de chimie à la Sorbonne.

Démission de ses fonctions d'administrateur à l'École normale.

1868 : Attaque de paralysie le laissant hémiplégique.

Commandeur de la Légion d'honneur.

1873 : Élection à l'Académie de médecine.

1877 : Travaux sur les infections. Découverte du staphylocoque, du streptocoque et du pneumocoque.

1878 : Vaccin contre le choléra des poules.

Grand officier de la Légion d'honneur.

1879 : Mariage de sa fille Marie-Louise avec René Vallery-Radot.

1881 : Vaccin contre le charbon.

1882 : Élection à l'Académie française.

Communication au Congrès d'hygiène à Genève sur l'atténuation des virus.

1885 : Vaccination antirabique de Joseph Meister.

1886 : Lancement d'une souscription internationale pour la fondation de l'Institut Pasteur.

1888 : Inauguration de l'Institut Pasteur le 14 novembre.

1892 : Jubilé à la Sorbonne le 27 décembre.

1895 : Décès le 28 septembre, au domaine de Villeneuve-l'Étang, à Marnes-la-Coquette.

Pour aller plus loin

Les ouvrages suivants ont nourri ce roman. Merci à leurs auteurs !

BAZIN Hervé, *L'Histoire des vaccinations*, John Libbey Eurotext, 2008.

BORY Jean-Yves, « Science et patience. La polémique sur la vivisection au XIXe siècle en France », thèse présentée pour l'obtention du doctorat en histoire et civilisations, sous la direction de Dominique Pestre, École des hautes études en sciences sociales, 2011.

BOURNAND François, *Pasteur, sa vie, son œuvre : un bienfaiteur de l'humanité*, Tolra éditeur, 1899.

DEMEULENAERE-DOUYÈRE Christiane, « Défendre la cause animale : la Ligue populaire contre la vivisection et sa créatrice Marie Huot, *in* BLARY François et FLAMBARD-HÉRICHER Anne-Marie (dir.), *L'Animal et l'Homme : de l'exploitation à la sauvegarde* [en ligne], éditions du Comité des travaux historiques et scientifiques, 2021.

DESQUAND Agnès, *Madame Pasteur*, Dmodmo, 2013.

GASCAR Pierre, *Du côté de chez Monsieur Pasteur*, Odile Jacob, 1986.

Janet Pierre, « La tension psychologique, ses degrés, ses oscillations », *in British Journal of psychology*, 1921.

Janssens Pieter G., Wery Marc & Paskoff Sonia, « Adrien Charles Loir. Pasteurien de première génération », mémoire présenté à la séance de la Classe des sciences naturelles et médicales tenue le 24 novembre 1998. Texte définitif déposé le 25 janvier 2000, Académie royale des sciences d'outre-mer.

Laurioz Pierre-Yves, *Louis Pasteur. La réalité après la légende*, Éditions de Paris, 2003.

Raspail Xavier, *Raspail et Pasteur. Trente ans de critiques médicales et scientifiques, 1884-1914*, Vigot frères, 1916.

Schwartz Maxime et Perrot Annick (dir.), *Louis Pasteur, le visionnaire*, éditions de La Martinière, 2017.

Simonet Michel-Louis, « Monsieur Roux, un bienfaiteur de l'humanité », *in Feuillets de biologie*, novembre 2018.

Thirion Anne-Valérie, « Pasteur et les Russes de Smolensk », mémoire pour le diplôme universitaire d'histoire de la médecine, 2020.

Vallery-Radot René, *M. Pasteur. Histoire d'un savant par un ignorant*, J. Hetzel et Cie éditeurs, 1883.

Vallery-Radot René, *La vie de Pasteur*, librairie Hachette et Cie, 1900.
Vallery-Radot René, *Madame Pasteur,* Flammarion, 1946.
Correspondance de Pasteur, 1840-1895, réunie et annotée par Pasteur-Vallery-Radot, quatre tomes, Flammarion, 1951.
Œuvres de Pasteur, réunie et annotée par Pasteur-Vallery-Radot, sept volumes, Masson et Cie éditeurs, 1922-1939.
Le Centenaire de l'École normale, 1795-1895, éditions Rue d'Ulm, 1994.

Autres sources

Émissions de France culture, avec Maxime Schwartz.
URL : https://www.franceculture.fr/emissions/le-cours-de-lhistoire/un-destin-pour-le-soin-quatre-figures-de-lhistoire-du-soin-et-de-la-medecine
https://www.franceculture.fr/emissions/la-methode-scientifique/louis-pasteur-la-rage-de-decouvrir

Bulletins de l'Académie de médecine.
URL : https://www.academie-medecine.fr/category/travaux-et-publications/bulletin/

Site de L'Institut Pasteur.
URL : https://www.pasteur.fr/fr

Archives de presse et comptes rendus de l'Assemblée nationale sur le site de la BNF.
URL : https://gallica.bnf.fr

Également dans la collection « Romans d'Histoire pop' »

Mon enfance tout feu tout flamme
Histoire ébouriffante de Jeanne d'Arc

Michel Douard

Garder la maison et les moutons ? Supporter un mari ? S'aplatir devant les Anglais ? Même pas en rêve ! À douze ans, la petite Jeannette a des idées bien affirmées et les clame haut et fort, au grand dam de ses parents. Et les choses ne vont pas en s'arrangeant… Une nuit, Jacques d'Arc rêve que sa fille s'enfuit avec des hommes en armes. Un songe prémonitoire ?
Avec humour et intelligence, Michel Douard nous plonge dans les premières années de Jeanne d'Arc, une ado (presque) comme les autres.

Découvrez les premières pages de
Mon enfance tout feu tout flamme…

Un sacré numéro

La petite enfance

Je m'appelle Gautier. Mais tout le monde m'appelle « le Puant », rapport au fumet de gueux que je laisse flotter derrière moi. Je suis né autour de 1350, mais rien n'est moins sûr. Tout ce que je sais, c'est que j'ai toujours connu la guerre. Une guerre déclarée entre les prétendants à la succession de la couronne de France, un Valois et un Plantagenêt, un Français et un Anglais. La perfide Albion a multiplié les victoires, occupant un duché d'Aquitaine s'étendant de Bayonne à Poitiers, et détenant aussi quelques villes françaises, comme Calais. Cette guerre interminable – entrecoupée de trêves durant lesquelles des soldats désœuvrés pillent la population innocente pour ne pas perdre la main – s'est transformée en guerre civile : les Armagnacs soutenant la couronne de France contre les Bourguignons alliés des Anglais. Un imbroglio à vous coller la migraine. Des malheurs pour plusieurs générations. Cela dit, ce n'est pas la guerre qui a fait de moi un mendiant. J'ai toujours été paresseux, juste bon à conter les histoires que j'ai vécues ou entendues sur mon chemin. C'est ce que je vous propose aujourd'hui, contre un quignon de pain ou une piécette : l'histoire, vraie ou non, allez savoir, des premières années de celle que vous appelez Jeanne d'Arc, et qui restera pour moi Jeannette. Elle est née le jour de l'Épiphanie, le 6 janvier 1412, je crois bien. Et j'étais là, trois jours plus tard, pour son baptême. C'est comme si c'était aujourd'hui. Je faisais la manche devant l'église de Domrémy…

***

Ce jour-là, Jacques d'Arc est soucieux, voire angoissé, sans raison aucune. Alors qu'il devrait être le plus heureux des hommes. Il est un laboureur aisé, notable de sa communauté, en contact direct avec le seigneur du coin, et il baptise Jeanne, son cinquième enfant. Il ne ressent pourtant pas la félicité et la fierté qu'il devrait éprouver. Il rumine le passé, craint l'avenir, se sent patraque. Sa tunique des grands jours le gratte. Son épouse, Isabelle Romée, l'agace avec ses prières, alors qu'ils sont encore à piétiner sur le parvis de l'église. Et que dire des simagrées de l'une des marraines, également prénommée Jeanne – comme c'est original – épouse d'Aubry, maire de Domrémy, qui berce le bébé avant de le porter sur les fonts baptismaux. Jacques d'Arc est sur les nerfs alors qu'il devrait être béat de joie. Quand Isabelle lui chuchote que la tache circulaire rouge derrière l'oreille de leur Jeannette est sans doute le signe d'une grande et pieuse destinée, il hausse les épaules. Des signes, il en a vu d'autres, et pas très positifs : une vache morte cette nuit en vêlant, un corbeau devant la porte ce matin, et même un départ de feu dans la grange... Jacques d'Arc se tourne vers Clément, leur voisin, qui a baptisé son fils Simon il y a tout juste une semaine. Et ce n'est pas pour évoquer l'importance du rite religieux à venir, mais pour ressasser cette maudite guerre et l'incapacité de la chevalerie française à y mettre un terme.

— Avoue que la bataille de Crécy, c'est le bouquet ! On est deux fois plus nombreux que les Anglais et ils nous pilent ! Soi-disant qu'on n'avait pas prévu les archers. À croire qu'on n'avait carrément pas prévu de se battre !

— C'est loin tout ça. T'étais pas né, Jacques. Faut aller de l'avant, préconise Clément.

— Mais tout est lié ! Si on n'avait pas pris une tannée à Crécy, on n'en serait pas là aujourd'hui. Après un succès pareil, l'Anglais Édouard III a pris la confiance, et voilà le résultat. On n'est plus chez nous, entre ces bouffeurs de harengs et ces traîtres de Bourguignons !

En le poussant dans l'église, son épouse Isabelle le morigène :

— T'as pas fini de jurer ? Et puis fais un peu attention à ce que tu dis, Gérardin d'Épinal assiste à la cérémonie.

— Ouais, ben moi je dis qu'avant de bouter les Anglais hors de France, on devrait envisager de jeter cet abruti de Bourguignon hors de Domrémy.

Jacques d'Arc est remonté, mais il faut le comprendre. À la frontière de l'empire germanique, le village de Domrémy, situé dans le Barrois mouvant sur la rive gauche de la Meuse, serait tout à fait vivable sans la guerre et ses dommages collatéraux. Sur la route Lyon-Trèves, la vallée pourrait profiter d'un trafic très développé. Mais le coin est plutôt morcelé. Un vrai casse-tête. Le nord de Domrémy est armagnac, partisan de la couronne de France ; le sud du bourg, pas du tout, et à une demi-lieue, le village de Maxey où se tient l'école est bourguignon. Avec tout ça, pour les d'Arc, comme pour tous les habitants du territoire, la situation est loin d'être folichonne : la châtellenie de Vaucouleurs dont dépend Domrémy, tenue par le seigneur Robert de Baudricourt, est régulièrement sillonnée par les routiers et écorcheurs anglais et bourguignons. Ces bandes de soldats momentanément démobilisés se livrent aux pires exactions. Pillages, meurtres, viols, villages incendiés : les guerriers sans foi ni loi compensent leur absence de solde en terrorisant le monde paysan. On n'est jamais tranquille par ici, toujours sur ses gardes, avec les chocottes, en permanence prêt à se réfugier dans l'enceinte d'un château. On guette depuis la tour carrée du moustier. On s'aventure sur les chemins alentour avec la boule au ventre. Allez travailler dans ces conditions, vous ! Les troupeaux sont cachés le jour et paissent la nuit. Même les bestiaux sont névrosés. Ah elle est belle la vie à Domrémy !

Debout face à l'autel, dans l'église qui s'est remplie, Jacques d'Arc se demande si Dieu n'a pas abandonné ses brebis. Il garde cette réflexion pour lui. Sa dévote épouse en ferait une maladie, surtout aujourd'hui. Elle s'est agenouillée quelques minutes devant la statue de sainte Catherine. Jacques ne s'est même pas signé. Et à présent que le curé, messire Jean Minet, bénit Jeanne, la seule pensée qui vient à l'esprit du papa déprimé est que sa fille cadette est appelée à en voir des vertes et des pas mûres…

***

Jeannette est un bébé qui sourit beaucoup et pleure souvent, mais silencieusement. À six mois, elle a rarement réveillé ses parents. Sur son petit crâne rond ont poussé des cheveux noirs. « Elle sera bien costaude », prédit sa mère. Cette dernière, tout en filant des draps de lin, lui récite le « Notre Père » en boucle. Catherine, la grande soeur de Jeanne, bonne à marier dans moins de dix ans, pouponne à outrance et couvre l'enfant de baisers.

Ce soir, comme à son habitude, Jacques d'Arc tente de tempérer leurs ardeurs :

— Isabelle, tu vas en faire une nonne. Et toi, Catherine, une enfant gâtée. Et une nonne gâtée, c'est pas facile à vivre.

Pas besoin de reprendre ses trois garçons à ce sujet. Jacquemin, Jean et Pierre se soucient de leur petite sœur comme de leurs premières galoches. Jacquemin sera un bon laboureur, c'est certain. Il est fort, calme et sérieux. Jean et Pierre, en revanche, sont deux asticots qui rêvent d'aventure, mais qui sont feignants comme des couleuvres et n'ont pas inventé la cuillère en bois.

Fiers d'habiter l'une des rares maisons de pierre du village, ils se prennent pour des seigneurs, et il faut souvent leur botter le fondement pour les faire redescendre sur Terre. Ce soir, alors que la nuit vient de tomber, ils ne sont pas encore rentrés et leur père envisage de leur administrer une bonne dérouillée.

— Ils vont me rendre aussi dingue que Charles VI, si ça continue, se plaint Jacques.

— Ils sont encore petits. Sois patient, lui répond son épouse sans lever les yeux de son ouvrage. Et d'autre part, je ne peux croire que notre bon roi soit fol. C'est de la propagande étrangère.

— Tu diras ça aux chevaliers de son entourage, que ton bon roi a mutilés sur un coup de tête.

Dans son petit berceau de bois, Jeannette semble fascinée par les flammes qui dansent dans l'âtre. Elle babille et agite ses petites mains. La maman gronde sa fille Catherine :

— Ta sœur va mourir de chaud, enfin ! Tu l'as mise trop près du feu.

***

Bien que la période soit troublée, la famille d'Arc ne manque de rien. Leur maison, située pile en face de l'église et qui compte un étage, est confortable et chauffée par une grande cheminée dans laquelle cuisent les galettes, les soupes et souvent une volaille. Sept hectares de terre, des poules, des vaches et des brebis, un cheval, une charrue de qualité… Les enfants de Jacques et Isabelle ne connaissent pas la faim. Sans pour autant aider exagérément leurs parents. Jacques a les moyens de payer de temps en temps un ou deux journaliers pour lui donner la main. Le plus souvent, les petits d'Arc sont aux champs pour jouer. À part Jacquemin, le plus grand, qui insiste toujours pour travailler. « Cet esclave-là n'a pas d'autre plaisir que de mouiller sa chemise », se moquent ses frères, Jean et Pierre. Ces derniers conduisent parfois les bêtes au pâturage ou sont affectés au ramassage de fruits sauvages dans la forêt, mais c'est encore l'occasion pour eux de chahuter et de se bagarrer, de se prendre pour des guerriers. Catherine, douce et sereine, passe le plus clair de son temps avec les femmes, à sarcler le jardin, à cultiver des fèves et des carottes, à coudre ou à filer.

L'heure n'est pas venue pour Jeannette de participer à ces travaux.

En ce jour de juillet, chaud et sans nuage, Jeannette n'a que dix-huit mois. Elle marche depuis avril. Et elle adore ça. Tandis que la moisson bat son plein, que les hommes coupent à la faucille les épis de froment et que les femmes et les adolescents lient les bottes, Jeannette se tortille dans les jupes de sa mère, qui la retient par le col de sa petite robe rouge.

— Cette gamine va me rendre chèvre. Dès qu'elle est en plein air, c'est la même musique. Pas moyen qu'elle reste en place. Comme devant l'église. Si on l'écoutait, on y rentrerait dix fois par jour !

Jacques, qui s'est arrêté une minute pour boire au pichet, ne peut contredire son épouse :

— Je le sentais, ça va être un sacré numéro.

Jeannette tend ses mains vers la jument grise sur laquelle son frère Jacquemin est juché. Elle trépigne, veut monter.

— Veux cheval, veux cheval…

Sa mère cède, cette fois. Et quand Jeannette est à califourchon entre son frère et l'encolure de la brave bête, elle donne des coups de talons et crie des « Hue haaa ». Son père jurerait que sa petite dernière lui jette alors un regard halluciné.

Pierre et Jean se donnent des coups de coude. Le premier lance, rigolard :

— On n'en fera pas une bergère, mais un chevalier !

Achevé d'imprimer en Italie par Grafica Veneta en juillet 2022

Cet ouvrage est imprimé sur du papier bouffant
Stora Enso Classic 80 g main de 2,
papier issu de forêts gérées durablement.
Dépôt légal : septembre 2022